Oma Josie auf Hochzeitstour

JOSIE SCHUBERT

Oma Josie auf Hochzeitstour

Reiseroman

Bibliografische Information der Deutschen Nationalbibliothek
Die Deutsche Nationalbibliothek verzeichnet diese Publikation
in der Deutschen Nationalbibliografie; detaillierte bibliografische Daten sind im Internet über http://dnb.d-nb.de abrufbar.

ISBN: 9783754398043

Inhalt

Was bisher geschah

Ich gehe einmal davon aus, dass Sie, liebe Leserinnen und Leser, die ersten beiden Bücher meiner »Oma-Josie-Trilogie« gelesen haben. Zur Erinnerung: Das erste Buch mit der Nummer »1« links oben auf dem Cover heißt »Oma Josie im Wilden Westen« und das zweite mit der Nummer »2« hat den Titel »Oma Josi reist nach Spanien«.

Diese Reisen von denen ich in den beiden Bücher berichte, konnten Luzi und ich noch in aller Ruhe vorbereiten. Bei der folgenden Reise, von der *dieses* Buch handelt, war alles anders. Sie wurde ausnahmslos von Bill geplant und organisiert.

Wenn Sie nicht wissen, wer Luzi und Bill ist, haben Sie meine ersten beiden Bücher nicht gelesen, oder alles schon wieder vergessen. Das ist aber nicht so schlimm. Mir bleibt dann nichts anderes übrig, als Ihnen eine kurze Zusammenfassung der ersten beiden Bücher zu vermitteln. Alle anderen Leserinnen und Leser können gern dieses Kapitel überspringen. Eine kleine Auffrischung der abenteuerlichen und interessanter Geschehnisse könnte Ihnen sicher auch nicht schaden. Aber der Reihe nach.

Im ersten Teil meiner »Oma-Josie-Trilogie« geht es darum, wie ich mit meiner besten Freundin Luzi, die manchmal etwas verpeilt ist, eine Mietwagenrundreise durch den »Wilden Westen« von Amerika unternehme. Zu dieser Zeit war ich noch 69 Jahre alt und Luzi zählte immerhin auch schon 67 Lenze.

Während unserer Reise, die uns unter anderem nach Las Vegas, Los Angeles, San Francisco und in mehrere Nationalparks, wie Monument Valley, Grand Canyon oder Yosemite Nationalpark führte, erlebten wir jede Menge Abenteuer und setzten uns dabei manchen Gefahren aus. Auf einem Highway in Kalifornien gingen wir zum Beispiel auf Verbrecherjagd und in einem Casino in Las Vegas halfen wir, einen gesuchten Trickbetrüger dingfest zu machen.

Darüber hinaus besuchten wir in San Francisco das weltbekannte Hippie-Festival, das unter dem Namen Haight-Ashbury-Street-Fair immer am zweiten Sonntag im Juni stattfindet.

Einige Tage zuvor lernten wir in Virginia City Bill kennen, der in San Francisco wohnte. Er und Luzi verliebten sich. Bill begleitete uns bei unserer Reise ein paar Tage mit seinem Wohnmobil. Von San Francisco bis kurz vor Los Angeles, genauer gesagt, bis nach Santa Barbara, reisten wir zu dritt und hatten eine Menge Spaß dabei.

Am Ende unserer Rundreise, quasi in letzter Minute, entschied sich Bill, mit uns nach Deutschland zu fliegen, um einige Wochen mit Luzi durch die alte Heimat seiner Eltern zu reisen. Bill blieb zwei Monate bei Luzi in Deutschland und reiste dann wieder ab nach San Francisco.

Das war im Prinzip eine kurze Zusammenfassung des ersten Buches. Nun gleich zum zweiten Buch.

Wenige Monate nach unserer Rückkehr aus Amerika planten wir bereits unsere nächste Reise, die uns im Jahr 2017 nach Spanien, genauer gesagt nach Granada in die weltberühmte Alhambra, führen sollte. Davon handelt der zweite Teil der Trilogie. Wir wollten uns dort mit Bill treffen und ihn im Anschluss in unserem Mietwagen mit zurück nach Deutschland nehmen.

Wie konnte es auch anders sein, auch diese Reise stand unter keinem guten Stern. Luzi reiste ohne ihr Handy. Es rutschte ihr am Abreisetag unbemerkt aus ihrer Jackentasche. Da auch mir unterwegs mein Handy abhandenkam, es wurde mir in Freiburg gestohlen, waren wir telefonisch quasi nicht erreichbar.

Dramatisch wurde die Reise zusätzlich, weil Bill indes einen Hochzeitstermin mit Luzi in Las Vegas und einen Flug für Luzi und mich dahin gebucht hatte. Das Problem war nur, dass die Hochzeit bereits wenige Tage später stattfinden sollte und wir uns auf dem Weg nach Spanien befanden.

Bill konnte uns nicht erreichen und die Zeit drängte. Kurzerhand rief er bei Jasmin, Luzis Tochter, an und berichtete ihr von seinem Vorpreschen in Sachen Hochzeit. So entschied sich Jasmin, uns hinterherzufahren. Als Begleitperson nahm sie ihre Tochter Marie, also Luzis Enkelin, mit.

Jasmin hoffte, uns während der Reise nach Granada irgendwo anzutreffen. Die ersten Hotels waren ja bekannt. Verkehrsbedingt mussten wir jedoch unseren Plan ändern, sodass uns Jasmin und Marie erst in Granada antrafen. Gerade noch rechtzeitig, sodass ich mit Luzi am übernächsten Tag nach Deutschland fliegen und mich auf ihre Hochzeit mit Bill vorbereiten konnte.

Luzis Enkelin Marie erlebte unterdessen auf dieser Reise ein kleines Liebesabenteuer. Sie lernte einen jungen Mann aus Australien kennen, der als Tourist am Mittelmeer weilte und sich in Marie verliebt hatte.

Auch ahnte Marie nicht, dass sie von Cem, ihrem Freund, verfolgt wurde. Er hatte von Marie gehört, dass es Probleme bei der Rückführung unseres Mietwagens gäbe und wollte unbedingt helfen.

Per Anhalter machte er sich auf den Weg. An der südspanischen Küste, genauer gesagt in *Vinaròs*, erreichte er Jasmin und Marie.

Nach diesem überraschenden Wiedersehen von Cem mit Jasmin und Marie reisten die Drei gemeinsam weiter.

Cem erklärte sich ohne zu zögern bereit, unseren Mietwagen von Granada nach Deutschland zu fahren. Ein feiner Zug von ihm.

So detailliert kann man die ersten beiden Bücher gar nicht zusammenfassen. Wenn Sie es genauer wissen möchten, wäre es tatsächlich besser, diese Bücher zu lesen.

Oder sie abonnieren einfach meinen neuen YOUTUBE-KANAL

»OMA-JOSIE«.

Unter anderem finden Sie dort Lesungen von meinen drei Büchern.

Unterdessen habe ich mir auch eine Homepage eingerichtet. Sie ist unter

»OMA-JOSIE.DE«

zu erreichen. Ich meine, die Website ist mir alten Dame ganz gut gelungen. Dort gibt es einige Leseproben der drei Bücher und immer die aktuellsten Neuigkeiten.

Die Bücher von mir kann man natürlich auch bei über 1.000 Online-Buchhandlungen bestellen und sie sind natürlich auch als E-Books zu haben.

Wie die Hochzeit von Luzi und Bill verlief, was wir sonst noch erlebten und welche Orte wir außerdem besuchten davon berichte ich in diesem dritten Teil der Trilogie. Darin erlebe ich und Luzi wieder eine Menge Abenteuer und es wartet die eine oder andere Überraschung auf uns.

Viel Spaß beim Lesen!

Am Tag vor Reisebeginn

Mit Amerika-Reisen hatten wir ja bereits genügend Erfahrungen gesammelt. Wir wussten also genau, worauf es dabei hauptsächlich ankam. Auch mit der englischen Sprache kamen wir immer besser zurecht. Zumindest verstanden wir das Meiste und wir konnten uns einigermaßen verständlich ausdrücken. Bisher sind wir damit ganz gut gefahren.

Doch diesmal war die Situation eine andere. Luzi benötigte unbedingt ein Hochzeits-Outfit. Sie wollte jedoch auf gar keinen Fall in einem Brautkleid heiraten. Schließlich war sie schon einmal verheiratet. Ja, bei solchen Dingen ist meine Luzi recht penibel. Folglich suchten Luzi und ich nach einer anderen Lösung.

Am Donnerstag, den 27. Juli, nervte mich Luzi bereits seit meinem zeitigen Frühstück. Ununterbrochen rief sie bei mir an. Jedes Mal ging es um andere Dinge. Am wichtigsten war ihr jedoch Folgendes: »Josie, ich benötige dringend deinen Rat. Hilf' mir bitte! Ich weiß nicht, was ich machen soll.«

Ich verdrehte die Augen. Luzi konnte mich ja nicht sehen.

»Was hast du denn schon wieder für ein Problem, meine Gute? So schlimm kann es doch gar nicht sein. Komm, sag' es mir!«, reagierte ich dennoch freundlich.

»Was soll ich denn nun zur Hochzeit anziehen?«, fragte sie mich und hörte sich dabei etwas ratlos an. »Die Zeit, um noch etwas Passendes zu kaufen, haben wir nicht mehr. Was soll ich nur machen?«

»Darüber haben wir doch bereits im Flieger gesprochen«, entgegnete ich. »Erinnerst du dich nicht mehr?«

»Ich weiß, Josie. Meinst du das jetzt wirklich ernst mit dem Western-Outfit oder war das nur Spaß?«

Bei dieser Frage war mir nicht klar, ob sie ihr voller Ernst war oder nur ihrer zunehmenden Vergesslichkeit geschuldet.

»Das war mein vollster Ernst, Luzi. Ich bin mir sicher, dass mein Vorschlag die beste Lösung für dein Problem ist. Du kannst natürlich auch etwas anderes anziehen. Im Moment fällt mir nur nichts ein.«

»Mir eben auch nicht. So schlecht finde ich deine Idee gar nicht«, lenkte Luzi plötzlich ein und wirkte wie verändert.

»Ich schlage vor, du rufst Bill an und fragst ihn, was *er* anziehen wird«, rief ich Luzi in einem eindringlichen Ton. »Wenn er es auch nicht weiß, kannst du ihm ja vorschlagen, als Western-Paar zu gehen. Schließlich habt Ihr Euch ja in Virginia City beim Line-Dance kennengelernt.«

»Das ist eine gute Idee von dir, Josie. Ich werde ihn gleich anrufen.«

Luzi rief umgehend Bill an und, wie Männer nun mal sind, hatte er sich noch keine Gedanken über sein Hochzeits-Outfit gemacht. Wenn es nach ihm gegangen wäre, hätte er einfach nur ein weißes Hemd und eine Jeans angezogen. Damit war Luzi ganz und gar nicht einverstanden.

Letztendlich ging Bill auf Luzis extravaganten Vorschlag ein und sie einigten sich in Westernklamotten zu heiraten. Bill war es ganz recht, denn diese Art von Kleidung hatte er zur Genüge in seinem Kleiderschrank.

Ich fand meine Idee, in jenen Sachen zu heiraten, die einen Bezug zum Kennenlernen haben, eigentlich in Ordnung. Na gut, es gibt vielleicht Momente, wo dieser Grundsatz nicht so ganz passen würde. Nehmen wir nur mal an, Luzi und Bill hätten sich am FKK-Strand kennengelernt. Nur mal angenommen. In diesem Fall hätten sie ja nicht nackt vor dem Traualtar erscheinen können. Nein, das geht gar nicht, selbst in dem verrückten Las Vegas, der Stadt der Sünde, nicht.

Das klingt jetzt vielleicht bösartig, aber hätten die Beiden sich tatsächlich am FKK-Strand kennengelernt, wäre es sicher nicht zu einer Hochzeit gekommen. (Ich muss mir nochmal überlegen, ob ich das wirklich so schreiben werde. Schließlich wird Luzi das Buch auch lesen, nehme ich mal an.)

Mit dieser recht pragmatischen Entscheidung über Luzis Hochzeits-Outfit hatten wir ein großes Problem gelöst und wir konnten endlich beginnen, unsere Koffer zu packen. Unsere am Vorabend gewaschenen Sachen waren über Nacht vollständig getrocknet, sodass wir sie nur noch zusammenlegen und im Koffer verstauen brauchten.

Ich musste mich sehr konzentrieren, um in dieser kurzen Zeit an alles zu denken, das ESTA-Formular, die Ladegeräte, die Adapter, meine Medikamente usw. Am späten Nachmittag war dann alles erledigt und unsere große Reise konnte beginnen.

Mit meinem Auto fuhr ich zu Luzi und schaute, ob auch sie auch nichts vergessen hatte. Bei dieser alten Frau weiß man ja nie. Gerade erst, bei unserer Spanien-Reise hatten wir es erlebt, was ein fehlendes Handy alles anrichten kann. Aber Marie war ja auch noch da und half ihrer Oma bei den wichtigsten Dingen, sodass auch Luzi startklar und zudem ziemlich aufgeregt war.

»Luzi, du brauchst nicht aufgeregt zu sein. Ich bin doch bei dir«, versuchte ich Luzi zu beruhigen. »Gemeinsam werden wir das alles schaffen. Und wenn wir erst einmal in San Francisco sind, wird Bill dich in den Arm nehmen und sich bestimmt rührend um seine zukünftige Frau kümmern.«

»Ich bin überhaupt nicht aufgeregt. Ich habe nur Angst, dass Bill nicht JA sagen wird.«

»Jetzt spinnst du aber wieder mal«, herrschte ich Luzi an. »Bill legt sich ins Zeug, damit alles wie am Schnürchen klappt und du machst dir solche abwegigen Gedanken. Sei bitte etwas optimistischer. Oder wirst *du* es vielleicht am Ende sein, die den Schwanz einziehen wird?«

»Ach was.«

Dieses Mal brauchten wir uns nur von Marie verabschieden. Jasmin war noch mit Cem auf dem Heimweg. Da unser Flug nicht von Frankfurt, sondern von Berlin ging, mussten wir uns auch nicht einen Tag eher auf die Reise begeben. Wir fuhren bequem und umweltfreundlich mit der Deutschen Bahn.

Nachdem wir uns von Marie gegen 19 Uhr verabschiedet hatten, suchten wir noch eine Gaststätte auf, um vorerst ein letztes Mal in Deutschland etwas Deftiges zu essen. Noch einmal die deutsche Hausmannskost genießen, bevor es wieder nach Amerika ging, darauf freuten wir uns. Man kann es auch salopp Junggesellinnenabschied nennen, auch wenn es nicht ganz stimmte. Luzi war bekanntermaßen ja schon einmal verheiratet.

Ich möchte jetzt nicht behaupten, dass man in den Staaten nicht gut essen kann, nein ganz und gar nicht. Aber man hat ja so seine Gewohnheiten, auf die man nicht so gern verzichten möchte. Zum Beispiel auf leckere Bäcker-Brötchen zum Frühstück, ein schönes Stück Sahnetorte oder ab und zu einen Sauerbraten oder Rouladen zum Mittagessen. Damit war jetzt erst einmal Schluss. Ich konnte mich jedoch damit trösten, dass wir ja in etwa drei

Wochen wieder nach Deutschland zurückkehrten.

Ansonsten verlief unser Abschied aus Deutschland still und leise. Über Luzis Hochzeit in Las Vegas machten wir kein Aufsehen in unserer näheren Umgebung. Gott sei Dank waren wir bei uns zuhause nicht so bekannt, wie in Amerika.

Auf nach San Francisco

Am Morgen des 28. Juli, einem Freitag, ließen wir uns frühmorgens von einem Taxi zum Bahnhof bringen. Der ICE beförderte uns einigermaßen pünktlich nach Berlin zum Hauptbahnhof. Von dort fuhren wir mit der S-Bahn zum Flughafen Tegel.

Dieser Flughafen wurde ja inzwischen, nach sehr kurzer Bauzeit, durch den Flughafen BER in Brandenburg abgelöst. Das haben Sie ja sicher gehört. Ich vermeide an dieser Stelle absichtlich Witze über den neuen Flughafenbau zu machen. Davon gibt es schließlich genügend. Außerdem ist er ja nun endlich fertig.

Der fast elfstündige Flug nach San Francisco verlief, bis auf ein paar kleine Turbulenzen, im Großen und Ganzen ohne Probleme. Nur etwas kühl war es im Flieger. Aber darauf hatten wir uns mit dicken Jacken und Pullovern ganz gut vorbereitet.

Nach der Landung begrüßte uns eine nette Flughafenangestellte und lotste uns ohne formale Einreisekontrolle durch das, wie ein Irrgarten wirkende, Flughafengebäude. Stets an den langen Schlangen der auf Einreise wartenden Fluggäste vorbei. Im Nu waren wir an einem Ort, wo uns Bill mit großer Freude emp-fing. Wie sollte es auch anders sein, er trug ein weißes Westernhemd, Jeans und einen brau-nen, schon etwas in die Jahre gekommenen, Cowboyhut.

»Hi Luzi, hi Josie, schön, dass Ihr da seid. Ich bin ja so froh, dass alles noch so gut geklappt hat«, freute er sich mit großen, leuchtenden Augen. Die gute Laune war ihm förmlich ins Gesicht geschrieben. »Ich hatte mir schon große Sorgen gemacht. Bei Euch weiß man ja nie. Da muss man immer auf eine Überraschung vorbe-reitet sein.«

»Ach was«, winkte Luzi ab und drückte Bill ganz fest. »Das bildest du dir sicher nur ein. Auf uns kann man sich *immer* verlassen. Stimmt's Josie?«

Ich ignorierte Luzis Frage, verdrehte wie-dermal stattdessen nur die Augen und wendete mich Bill zu.

»Hallo Bill, so schnell kann es gehen mit ei-nem Wiedersehen. Das hat ja heute nicht mal zehn Minuten gedauert, bis wir nach der Lan-dung bei dir waren«, spielte ich auf die bevor-zugte Abfertigung bei unserer Einreise an. Auch ich umarmte Bill zur Begrüßung.

»Hi Josie, es kommt nur darauf an, die richtigen Leute zu kennen. Über Eure Koffer braucht Ihr Euch nicht zu kümmern. Die werden noch heute zu mir nach Hause gebracht.«

»Wahnsinn!«, staunte Luzi. »Das nenne ich mal Service.«

Bill nahm uns das Bordgepäck ab und geleitete uns in das Parkhaus des Flughafens zu seinem Auto.

»Steigt bitte ein und sucht Euch einen Platz aus. Aber bitte nicht hinter dem Lenkrad, das ist mein Platz. Die Fahrt wird nicht lange dauern. Ihr seid bestimmt schon sehr gespannt auf mein bescheidenes Heim.«

Luzi lachte: »Das kannst du aber wissen. Wenn wir da mal nicht in einem Schloss landen«, scherzte sie.

Die Fahrt mit Bills SUV dauerte etwa eine halbe Stunde. Bill besaß zwar kein Schloss, dafür aber ein sehr schönes Haus am Stadtrand von San Francisco. Das zugehörige Grundstück hatte schätzungsweise eine Größe von etwa 1.000 Quadratmetern. Das Haus wurde sogar aus richtigen Ziegelsteinen errichtet und nicht etwa größtenteils aus Holz, wie es in Amerika vielerorts üblich ist. Außen war es hellblau angestrichen und machte einen sauberen, freundlichen und schmucken Eindruck.

»Kommt rein«, forderte Bill uns auf, »und macht es euch gemütlich!«

Wir betraten das Haus und fingen sofort an zu staunen. Solch eine moderne Einrichtung hätten wir Bill gar nicht zugetraut. Sämtliche Möbel waren in einem hellen, ja fast weißen shabby-chic-Farbton, gehalten. Der Fußboden bestand aus mediterranen Fliesen und an sämtlichen Wänden hingen selbstgeschossene Fotos in unterschiedlichen Größen, die Bills unzählige Reisen dokumentieren sollten.

»Wow, dein bescheidenes Heim finde ich ja cool«, begeisterte sich Luzi. »Und das willst du alles aufgeben, um zu mir nach Deutschland zu ziehen?«

»Ja, Luzi, so ist es. Ich habe kaum Kontakt zu meinen Nachbarn. Es sind meist jüngere Leute, die im *Silicon Valley* arbeiten und erst spät abends nach Hause kommen. Einige von ihnen kenne ich noch aus meiner aktiven Zeit dort.

So richtige Freundschaften sind bisher noch nicht entstanden. Als Nachbarn grüßt man sich, wünscht sich einen schönen Tag und geht seiner Wege. So ist das eben hier in Amerika. In

Deutschland wird es sicher nicht viel anders sein.«

»Leider ist es mittlerweile bei uns auch schon so«, bestätigte ich Bills Vermutung.

»Das wird bestimmt eine große Umstellung für dich werden, auf all das gewohnte Umfeld hier in San Francisco zu verzichten«, gab Luzi zu Bedenken.

»Das glaube ich nicht. Bei meinem Aufenthalt in Deutschland habe ich festgestellt, dass ich mich dort sicher sehr schnell heimisch fühlen werde.«

»Das hast du schön gesagt, Bill«, freute sich Luzi.

»Findest du? Ich mache uns erst einmal einen starken, deutschen Kaffee. Die Muffins, die auf dem Glastisch stehen, habe ich nach dem Rezept eines amerikanischen Freundes selbst gebacken. Hoffentlich schmecken sie Euch.

Danach zeige ich meinen beiden Gästen aus Germany, wo sie heute Nacht schlafen werden. Ich hoffe, Ihr vertragt Euch in einem Zimmer. Es ist ja nur für eine Nacht. Oder wollt Ihr lieber getrennt schlafen?«

»Ach was«, winkte Luzi ab. »Wir sind doch schon wie zwei alte Eheleute. Auf unseren gemeinsamen Reisen schlafen wir auch immer in Ehebetten.«

»Da bin ich ja beruhigt«, freute sich Bill und ging in die Küche, um Kaffee aufzubrühen.

Nachdem er mit einer Kanne frischem und duftendem Kaffee zurückkam und jedem eine Tasse eingeschenkt hatte, fragte ich ihn ganz direkt: »Hast du viele Freunde hier in San Francisco, die du später vermissen wirst?«

»Leider werden es immer weniger«, beklagte sich Bill. »Einige Freunde sind bereits verstorben, andere krank. Ja, so ist das, wenn man älter wird.

Ich habe hier in Amerika genug gesehen und erlebt. Ein Neuanfang mit Luzi in Deutschland wird mir sicher gut tun und mir neuen Lebensmut verschaffen. Reiseziele gibt es in Deutschland und in ganz Europa genügend. Die meisten habe ich noch nicht selbst kennengelernt. Da werde ich mit dir, Luzi, für den Rest unseres Lebens noch viel reisen können.«

»Und was machst du mit dem Haus?«, fragte Luzi neugierig.

»Das Haus werde ich vermieten. Die Mieten steigen in San Francisco, dank *Silicon Valley*, zurzeit auf astronomische Höhen. Das ist zwar gut für die Vermieter, aber immer mehr Menschen landen hier auf der Straße. Die Zahl der Obdachlosen ist in San Francisco genauso schnell in die Höhe geschossen, wie die Mieten. Und es ist kein Ende in Sicht.

Aus der ehemaligen Stadt der Alternativen und Hippies ist in den zurückliegenden Jahren eine Stadt der Wohlhabenden und Besserverdienenden geworden. Die Gentrifizierung hat viele ärmere Menschen aus ihren angestammten Wohngebieten vertrieben. Das ist sehr schade.

Die Touristen sollen davon nur wenig mitbekommen. Die Obdachlosen werden von ihnen, so gut es geht, ferngehalten. Mittlerweile gibt es jedoch so viele von ihnen, dass dies praktisch nicht mehr möglich ist.

Es ist übrigens streng verboten, den Obdachlosen Almosen zu geben. Nur mal so als gut gemeinter Tipp. Damit sollen Anreize, sich in die Touristenhochburgen zu begeben, wegfallen. Ich glaube aber kaum, dass dieser Plan der Regierenden aufgeht.«

»Schade um diese schöne Stadt. Hat denn deine Tochter kein Interesse an deinem Haus? Sie wird es ja irgendwann sowieso erben«, fragte ich Bill.

»Nein, sie bewohnt mit ihrem Mann in Carson City selbst ein schönes Haus. Mal sehen, vielleicht verkaufe ich mein Anwesen eines Tages.

So und jetzt kostet bitte meinen frischen Kaffee, bevor er kalt wird; und die Muffins.

Wenn Ihr dann Eure Zimmer in Beschlag genommen habt, zeige ich Euch unser überschaubares Wohngebiet.«

In diesem Moment klingelte an der Tür. Der Flughafenservice brachte unsere Koffer.

»Das hat ja wieder mal toll geklappt. Hoffentlich klappt es in den nächsten Tagen auf unserer Reise auch so gut«, sagte Bill.

»Das wollen wir doch hoffen. Wir gehen mal davor aus, dass du schon dafür sorgen wirst«, entgegnete ich.

»Leider steht nicht alles in meiner Macht. Bei einigen Dingen muss man sich eben auch auf andere Menschen verlassen.«

»Wird schon alles gutgehen. Vielleicht kümmert sich diesmal wieder unser Schutzengel um uns«, beruhigte ihn Luzi.

Am Abend zeigte uns Bill dann noch sein Wohngebiet. Von Armut und Obdachlosigkeit war dort nichts zu sehen.

In die Innenstadt von San Francisco fuhren wir diesmal aus Zeitgründen nicht. Außerdem machte uns der *Jetlag* mehr zu schaffen, als beim letzten Mal. Man ist eben nicht mehr die Jüngste. Stattdessen zogen wir es vor, uns auf Bills Terrasse etwas auszuruhen und bei einem Glas kalifornischen Wein, das herrliche Wetter und den Sonnenuntergang zu genießen.

Bisher lief alles nach Plan und ohne Schwierigkeiten. Wir waren guter Dinge, diesmal von Unregelmäßigkeiten und gefährlichen Abenteuern verschont zu bleiben. Wir wollten endlich einmal unsere Reise genießen.

Doch wir hatten unsere Rechnung ohne den Wirt gemacht. Das nächste Abenteuer ließ nicht lange auf sich warten. Gleich im nächsten Kapitel erfahren Sie den Grund dafür.

Fahrt nach Las Vegas

An diesem Samstag, den 29. Juli, hatten wir eine lange Fahrt vor uns. Etwa 900 Kilometer und fast neun Stunden waren es von San Francisco bis nach Las Vegas. Bill hatte jedoch kein Problem damit. Er meinte, aufgrund seiner vielen Reisen wäre er solche langen Fahrten gewöhnt. Außerdem fährt man in Amerika auf den Highways sowieso viel entspannter. Raser und Drängler gibt es zwar auch, aber nicht so zahlreich wie bei uns in Deutschland. Mit seinem geräumigen SUV machten wir uns am frühen Morgen auf den weiten Weg in die »Stadt der Sünde«.

Etwas mehr als die Hälfte der Strecke fuhren wir auf der Interstate 5 entlang, danach wechselten wir auf die Interstate 15. Wie immer an einem solchen Hochsommertag war es während der Fahrt durch die Wüste sehr heiß. Das dadurch entstandene Hitzeflimmern auf dem Highway schränkte die Sicht streckenweise etwas ein. Bill musste sich ganz schön konzentrieren, da das Luftflimmern Hindernisse unter besonderen Umständen schwer erkennbar machen kann.

Schließlich durchquerten wir einen kleinen Ausläufer des »Tal des Todes«, oder auch *Death Valley* genannt. Das Außenthermometer zeigte streckenweise 48 Grad Celsius an (ich habe es gleich einmal von Fahrenheit in Celsius umgerechnet). Ohne Klimaanlage wäre es mit geschlossenen Fenstern kaum auszuhalten gewesen.

Nachdem wir etwa zwei Drittel der Strecke zurückgelegt hatten, hielten wir zum Tanken und Toilettengang an einer Tankstelle. Einer von uns sollte bei derartigen Stopps sicherheitshalber im Wagen bleiben. Immerhin waren unsere drei Koffer darin, die uns nicht abhandenkommen durften; schon alleine wegen der Hochzeitsklamotten unseres Brautpaares.

Luzi erklärte sich bereit, vorerst im Auto zu warten und ich ging mit Bill in die Tankstelle. Bill zahlte im Voraus diejenige Zapfsäule, an der er vorhatte, zu tanken und ich begab mich derweil zur Toilette.

Doch als wir nach wenigen Minuten gemeinsam zurückkamen, trauten wir unseren Augen nicht. Die Beifahrertür von Bills Wagen stand offen und keine Luzi war zu sehen.

»Was ist passiert? Wo ist Luzi?«, fragte ich Bill voller Panik und mit ängstlicher Stimme.

»Ich weiß es nicht«, antwortete mir Bill. »Vielleicht wollte sie uns folgen und irrt jetzt in der Gegend umher. Manchmal ist sie ja tatsächlich etwas zerstreut. Ich schau gleich mal hinter der Tankstelle nach.«

Bill sah sich überall um, aber Luzi war nicht zu sehen. In diesem Augenblick klingelte sein Handy. Er nahm das Gespräch an und sagte gewohnheitsmäßig: »Ja, hallo.«

»Spreche ich mit Bill Lehmann?«, fragte die fremde Stimme am Telefon.

»Ja, und mit wem spreche *ich*? Was kann ich für Sie tun?«

»Suchen Sie vielleicht Luzi Müller?«, fragte der unbekannte Mann am anderen Ende der imaginären Leitung.

Bill war auf einmal völlig aufgelöst und voller Sorgen. »Ja, woher wissen Sie das? Wo ist sie? Was ist mit ihr? Woher haben Sie meine Telefonnummer?«, stammelte er.

»Ihrer Luzi geht es gut. Noch geht es ihr gut. Sie sitzt bei uns im Wagen und wir sind auf dem Weg nach Vegas«, setzte der Mann sein Gespräch fort, noch bevor Bill ausreden konnte.

»Was soll das? Warum sitzt sie bei Ihnen im Wagen? Was haben Sie mit ihr vor?«

»Ich habe gehört, Sie und Luzi wollen über-morgen in Vegas heiraten. Ist das so?«, erkundigte sich der Fremde, obwohl er sicher ganz genau im Bilde war.

»Das stimmt, wir wollen heiraten. Warum fragen Sie? Woher wissen Sie das überhaupt? Wer sind Sie? Was wollen Sie? Sagen Sie mir endlich, was mit Luzi ist!«, diesmal klangen Bills Fragen unmissverständlicher und noch sorgenvoller.

»Eins nach dem anderen. Wollen wir uns mal kurz vorstellen. Wir sind Freunde von Francesco. Luzi hat Ihnen sicher von ihm erzählt. Sie hat im letzten Jahr zusammen mit ihrer Freundin Josie in Las Vegas etwas sehr Dummes, Unverzeihliches getan und ihm bei der Flucht aus dem Casino absichtlich ein Bein gestellt. Francesco wurde verhaftet und sitzt jetzt für zehn Jahre im Knast. Er gab uns freie Hand und meinte, wir sollten das Problem auf unsere Art lösen. Jetzt, wo die beiden Omis zufällig wieder *im Land* sind«, der Entführer lachte laut und hämisch.

»Wie meinen Sie das? Was wollen Sie von Luzi und ihrer Freundin? Und warum lachen Sie so verächtlich?«, fragte Bill.

»Zunächst wollen wir etwas von *Ihnen*. Und zwar 200.000 Dollar bis morgen Abend, in kleinen Scheinen. Hinterlegen Sie das Geld bis 19 Uhr an der Rezeption des Hotels *Bellagio* in einem unauffälligen und umweltfreundlichen Stoffbeutel. Sagen Sie, es sei für Rocco. Dann wissen die Bescheid, die kennen Rocco gut.

Wenn das Geld bis dahin nicht da ist, müssen wir leider mit Ihrer zukünftigen Frau ein Stück in die Wüste fahren und …«

»Was und? Was haben Sie vor?«, Bill wurde immer unruhiger und bekam es mit der Angst zu tun. Er bekam einen Schweißausbruch und zitterte am ganzen Körper. So kannte ich ihn bisher noch nicht.

»Sie haben sicher schon einige Mafia-Filme gesehen, die hier in Vegas spielen. Was macht man hier mit Menschen, die unbescholtene Bürger an die Polizei ausliefern? Na, wissen Sie es? Sie können es sich sicher denken.

Es gibt bereits viele illegale Gräber in der Wüste um Las Vegas herum. Da kommt es auf eins mehr oder weniger nicht an. Also, wir erwarten ihr Geld bis morgen 19 Uhr, in kleinen Scheinen an der Rezeption des Hotels *Bellagio*.«

Nachdem er seine Forderung noch einmal eindringlich wiederholt hatte, beendete der

Fremde das Gespräch. Bill war für einen Moment sprachlos, dann erzählte er mir alles mit zittriger und ängstlicher Stimme.

»Das kann doch nicht wahr sein. Irgendwelche Gangster haben Luzi entführt und wollen von mir eine große Summe Lösegeld erpressen. Was machen wir jetzt?«, fragte mich Bill.

Er wirkte ratlos. Bei mir kam plötzlich Angst auf, Angst, dass Luzi etwas Schlimmes passieren könnte. Mein ganzer Körper war wie gelähmt. Für einen kurzen Moment fehlten mir die Worte. Ich brachte kein einziges Wort über meine Lippen. Ich konnte Bill nur mit großen, ängstlichen Augen anschauen. Dann endlich kam sie wieder, meine Stimme.

»Oh, mein Gott. Bill, ich habe Angst, große Angst.«

»Wir müssen das Geld irgendwie auftreiben, sonst werden sie Luzi töten«, meinte Bill und lief, wie ein Löwe im Käfig vor seinem Auto immer hin und her. »Ich glaube, die meinen es ernst, sehr ernst. Solche Typen sind unberechenbar.«

»Das hat uns gerade noch gefehlt. Bill, wir müssen als Erstes die Polizei verständigen. Die haben doch hier in Amerika und dazu noch im ‚Wilden Westen' Erfahrungen in Sachen Entführung. Die werden das sicher hinkriegen und Luzi von den Entführern befreien. Mach' dir erst einmal keine Sorgen«, versuchte ich Bill zu beruhigen.

»Keine Polizei! Das ist keine gute Idee. Dann werden sie mit Luzi erst recht kurzen Prozess machen.«

»Das glaube ich nicht. Von einer toten Luzi haben sie nichts. Sie wollen das Geld und nur das Geld und zwar dringend.

Francesco, der bisher das Geld durch Falschspielen beschafft hat, sitzt im Knast. Seine Leute wissen daher keinen anderen Weg, um an Geld zu kommen. Glaube mir! Wir müssen *unbedingt* die Polizei verständigen, bitte Bill. Das ist unsere einzige Chance«, flehte ich Bill an. Er überlegte, für einen kurzen Moment schwieg er.

»Okay, vielleicht hast du recht. Das machen wir umgehend, wenn wir in Las Vegas sind«, ging Bill letztendlich auf meinen Vorschlag ein. »Wir haben noch über 200 Kilometer vor uns, also gut zwei Stunden. Solange müssen wir noch warten.«

»Bill, du kannst jetzt noch nicht Autofahren. Lass uns ein paar Minuten warten. Wir müssen uns erst ein wenig beruhigen, auch wenn es schwer fällt. Ich hole uns zwei Kaffee und du wartest solange hier, bis ich wieder zurück bin.«

»Okay, das machen wir. Beeil' dich bitte.«

Was war passiert?

Luzi wollte gerade aus Bills Auto steigen, um aus der Kühltasche im Kofferraum eine eisgekühlte Flasche Wasser zu holen, da wurde sie von zwei Männern gepackt und in ein Auto gezerrt.

»So, Luzi Müller, jetzt haben wir dich endlich«, sagte einer der unbekannten Männer, die beide eine Sturmhaube über den Kopf trugen. Nur für die Augen, die Nase und den Mund waren Löcher darin. »Nun bist du uns in die Falle gegangen und kannst uns nicht mehr entkommen.«

»Hilfe, Ihr Ganoven. Was wollt Ihr von mir? Ich bin eine alte Frau. Lasst mich sofort los! Ihr spinnt wohl. Aua. Ihr tut mir doch weh«, versuchte sich Luzi zu wehren, doch sie hatte keine Chance, die Entführer waren ihr kräftemäßig haushoch überlegen.

Gekleidet waren sie wie Cowboys, so wie man sie aus Western-Filmen kennt. Beide trugen sie entsprechende Hüte, Lederwesten über den Hemden und dazu Wildlederhosen.

»Beruhige dich, Luzi. Wir tun dir nichts. Aber nur, wenn dein zukünftiger Gatte uns eine kleine Freude machen wird.«

»Ist das jetzt Kidnapping, was ihr da gerade macht?«, fragte Luzi naiv.

»So kannst du es auch nennen«, machte sich einer der Entführer lustig. »Es ist im Prinzip ein Spiel. Wir entführen dich und dein Freund zahlt uns eine Kleinigkeit, damit wir dich wieder freilassen. Verstehst du?«

»Das ist ja, wie im Film. Gehört das Spiel auch zu Bills Überraschung?«, fragte Luzi in vollem Ernst. »Der hat manchmal solche extravakanten Einfälle. Dass ich das noch erlebe.«

»Hoffentlich erlebst du es noch«, sagte einer von Francescos Leuten. Es war der kleinere der Beiden und vielleicht auch deren Anführer.

»Und, wenn mein Freund nicht zahlt, was passiert dann? Er hat sicher nicht so viel dabei, wie Sie haben wollen. Er hat nie viel Bargeld bei sich. Ich habe auch noch etwas Geld in meinem Geldbeutel. Es ist zwar nicht viel, aber immerhin. Reichen 200 Dollar? Ihr sagtet doch eine Kleinigkeit.«

»Machst du Witze, Oma, 200 Dollar?«, meinte der eine Entführer und lachte laut, sehr laut. »Das bezahlen wir abends für eine Flasche Schampus. 200.000 Dollar in kleinen Scheinen wollen wir, und zwar bis morgen.«

»200.000 Dollar? So viel bin ich wert? Ich glaube es nicht. Das zahlt Bill bestimmt nicht. Und wenn er nicht zahlt, komme ich dann trotzdem frei?«

»Na, ja, wollen wir es mal so ausdrücken: Frei kommst du, aber es wird dir wenig nützen«, lachte der Kleinere zynisch und mitleidslos.

»Das verstehe ich nicht. Warum nützt es mir nicht, wenn ich frei komme?«

»Wenn man tot ist, hat man nicht mehr sehr viel vom Leben. Das ist doch logisch, oder?«, scherzte der Größere.

Langsam wurde es Luzi etwas mulmig zumute. »Wieso tot? Ihr wollt mich doch nicht etwa umbringen? Das dürft ihr gar nicht. So war das nicht abgemacht. Das ist doch gar nicht erlaubt.«

»Wenn wir nur das tun würden was erlaubt ist, wären wir arm, wie eine Kirchenmaus. Schau dir doch mal die Angestellten in den Bürohäusern an. Die sitzen den ganzen Tag vor ihren Computern, fünf Tage in der Woche. Und was haben sie letztendlich davon? Sie kommen gerade so über die Runden. Miete, Strom, Gas, Lebensmittel, Sprit, da bleibt nicht mehr viel von ihrem Gehalt übrig. Wenn sie Pech haben, erleben sie nicht mal die Rente, wenn sie überhaupt welche bekommen. Das ist doch kein Leben.«

»Ihr haltet also *Euer* Leben für das bessere?«, fragte Luzi nachdenklich. »Menschen entführen, erpressen und vielleicht auch töten. Ich weiß ja nicht. Ich bin da etwas anders erzogen worden.«

Etwa 200 Kilometer waren es nun noch bis Las Vegas. Nach wenigen Kilometern, kurz nach Luzis Entführung, rief einer der Entführer zum ersten Mal Bill an und redete mit ihm über die 200.000 Dollar Lösegeld. Davon berichtete ich ja bereits.

Nach diesem Telefonat schwiegen die Entführer über eine Stunde und auch Luzi sprach kein Wort. Mag sein, dass die enorme Hitze in der Wüste der Grund für das Schweigen war.

Nun geht es wieder normal weiter

Die Entführer befanden sich mit Luzi kurz vor Las Vegas. Luzi hatte großen Durst und bat um eine Flasche Wasser, die ihr die Entführer auch umgehend reichten.

»Wir können ja nochmal deinen Freund, den Bill, anrufen und ihn fragen, ob er bereit ist, die von uns geforderte Summe für dich zu bezahlen «, schlug der kleinere der Entführer, den der andere Little Joe nannte, vor.

»Ja, macht das, aber schnell!«, forderte Luzi ihn auf. »Ihr seid mir nicht ganz geheuer. Irgendwie traue ich Euch Brüdern nicht über den Weg. Langsam reicht mir es mit Euch.«

Little Joe nahm sein Handy und wählte Bills Nummer. Bill nahm das Gespräch sofort an, als hätte er bereits sehnsüchtig darauf gewartet.

»Bill Lehmann am Apparat. Was wollen Sie schon wieder? Lassen Sie sofort Luzi Müller frei! Sonst …«

»Was ist sonst? Keine Polizei! Das würde Oma Luzi kaum überleben. Sie haben sich doch sicher schon so sehr auf Ihre Hochzeit gefreut. Ich reiche Ihnen mal Ihre, hoffentlich zukünftige, Frau.«

Little Joe übergab Luzi sein Handy.

»Luzi, wie geht es dir. Ist mit dir alles in Ordnung?«, fragte Bill voller Sorgen.

»Mir geht es gut, bis auf diese Männer. Die sagen, dass sie mich entführt hätten. Stimmt das? Oder machen die Quatsch? Ist das vielleicht doch nur ein Spiel, wie der Eine sagte?«, fragte Luzi etwas arglos.

»Die meinen es sehr ernst, Luzi. Tu bitte alles, was sie sagen. Ich kümmere mich darum, dass du schnell frei kommst. Hab' bitte noch etwas Geduld. Ich werde die geforderte Summe zahlen. Du bist es wert. Ich hab' dich lieb.«

Dann nahm Little Joe Luzi sein Handy wieder weg.

In diesem Moment erreichten die Entführer das »Las Vegas-Sign« am Eingang vom Stadtteil Paradiso.

»Schau, Luzi, wir sind soeben in der ‚Stadt der Sünde' angekommen. Hier hat fast jeder Dreck am Stecken. Hier kommt es nur darauf an, irgendwie an Geld zu kommen. Viele wollen hier sogar das *große* Geld machen, doch nicht allen gelingt es. Einige von ihnen, die es nicht geschafft haben, vegetieren nun als arme Schlucker in den unterirdischen Katakomben der Stadt.«

»Woher wusstet Ihr eigentlich, dass wir gerade diese Straße benutzen, um nach Las Vegas zu kommen?«, fragte Luzi verwundert.

»Du musst wissen, dass wir gut vernetzt sind. Außerdem gibt es keinen besseren Weg durch die Wüste. Wir wissen auch, dass dein zukünftiger Mann die 200.000 Dollar hat. Schließlich hatte er im *Silicon Valley* einen guten Job und sehr gut dabei verdient.

Tut uns leid, Luzi, wir müssen dir jetzt eine Augenmaske verpassen. Du sollst nicht sehen, wo wir dich hinbringen.«

»Hey, was soll das?«, wollte sich Luzi wehren. »Das könnt Ihr mit mir nicht machen. Das ist Freiheitsberaubung, oder so. Ich kenne mich da aus. Ich habe kürzlich so eine Sendung im Fernsehen gesehen. Darauf steht sogar Gefängnis.«

»Oh, da haben wir jetzt aber Angst. Luzi, Du glaubst gar nicht, was wir alles machen können.«

»Ach was. Ihr stellt Euch doch an wie Amateure.«

Der andere Entführer, den Little Joe Hoss nannte, lachte laut. Die Namen Hoss und Little Joe stammten bekanntlich aus der amerikanischen Western-Fernsehserie »Bonanza«. Wie sich später herausstellte, waren die Namen jedoch nicht echt.

»Der war gut, Luzi. Den muss ich mir merken.«

Die Entführer waren mit Luzi am Ziel angekommen. Der Wagen hielt vor einem kleineren, einstöckigen Gebäude und Luzi musste aussteigen. Hoss und Little Joe halfen ihr dabei.

Im Inneren des Gebäudes wurde sie in einen kleinen Raum geführt. Dort wurde ihr die Augenmaske wieder abgenommen. Die Hände wurden ihr jedoch auf dem Rücken mit Handschellen gefesselt.

In dem Raum mit einem winzigen Fenster befanden sich ein Liege, ein Tisch und vier Stühle. Hinter einer kleinen Tür ging es in ein Bad mit Toilette aber ohne Fenster.

Es war etwas stickig im Raum. Little Joe öffnete das Fenster, um eine wenig frische, wenn auch heiße, Luft hereinzulassen.

»So, jetzt kannst du zu deinem Bill sprechen und ihn bitten, das Geld pünktlich abzugeben. Du weißt, was sonst mit dir geschieht«, sagte Hoss, der immer noch, wie Little Joe, unter dem Cowboyhut seine Sturmmaske trug.

Little Joe nahm sein Handy und wählte Bills Nummer.

»Bill Lehmann.«

»Wir sind es wieder.«

»Lassen sie sofort Luzi frei, sonst ...«, forderte Bill sehr nachdrücklich und wirkte sehr nervös.

»Ja, was sonst?«, fragte Little Joe. »Sie wissen doch, keine Polizei. Was dann passieren wird, brauche ich Ihnen doch nicht noch einmal erläutern, oder?«

»Sie wissen aber auch, dass, statistisch gesehen, nur wenige Entführer ihr Geld tatsächlich bekommen«, mahnte Bill die Entführer. Vielleicht ein letzter und eher aussichtsloser Versuch, die Entführer doch noch zum Einlenken zu bringen.

»Hören Sie auf mit Ihren sinnlosen Statistiken«, warnte Little Joe. »Wir werden unser Geld bekommen. Das ist so sicher, wie das Amen in der Kirche. Die Anderen stellen sich nur zu doof an. Das sind alles Amateure, Versager, Dilettanten. Profis, wie wir es sind, passiert so etwas nicht.

Ich kann Ihnen ausrichten, dass es Ihrer Braut Luzi gut geht. Sie ist an einem sicheren Ort und hat eine Bitte an Sie. Ich gebe Sie Ihnen mal und Sie können kurz mit ihr reden.«

Little Joe reichte Luzi sein Handy.

»Hallo Bill. Noch geht es mir gut«, sagte Luzi. »Aber ich traue denen alles zu. Langsam glaube ich auch, dass das hier eine richtige Entführung ist und kein Spiel. Die würden sicher kurzen Prozess machen, wenn sie kein Geld von dir bekommen.

Sehe ich das richtig, oder ist die Entführung etwa doch eine von deinen Überraschungen?«

»Luzi, ich sage es nochmal, die meinen es ernst, sehr ernst. Das hier ist kein Spaß. Ich werde aber alles dafür tun, dass du sehr bald wieder frei kommst«, wollte Bill Luzi beruhigen.

»Aber so viel Geld. Die müssen doch spinnen. Ich weiß gar nicht, ob sie es ernst meinen mit dem vielen Geld. Wer hat denn schon so viel Geld? Die sind sicher auch mit weniger Geld zufrieden. Vielleicht wollten sie nur mal testen, wie du auf deren Forderung reagierst.

Oder es ist doch ein Spiel. Du kennst das doch sicher auch? Manchmal macht man bei Hochzeiten solche verrückte Spiele. Ich muss noch mal mit denen reden. Das werde ich schon noch herausfinden. Vielleicht kann ich das Lösegeld noch etwas runterhandeln.«

»Das ist sicher kein Spiel«, entgegnete Bill. »Das wüsste ich. Aber ich regele das schon. Du bist bald wieder frei sein und übermorgen werden wir heiraten. Das verspreche ich dir.«

»Das reicht«, sagte Little Joe und nahm Luzi das Handy wieder weg.

Von nun an konnte Luzi nur in dem kleinen Zimmer hin- und herlaufen und das Bad benutzen, wo sie sich nach dem heißen Tag zunächst einmal etwas frisch machte. Duschbad und Handtücher waren vorhanden.

Am frühen Abend kam Hoss herein und brachte Luzi einen großen Hamburger als Abendessen. Dazu sechs Flaschen eiskaltes Wasser. Er löste ihre Handschellen, damit sie essen konnte. Nach dem Essen legte er sie nicht mehr an, sodass sie sich frei bewegen konnte. Der Raum wurde jedoch von außen verschlossen. Es war wie in einer Gefängniszelle.

In der Zwischenzeit waren auch Bill und ich in Las Vegas angekommen. Diesmal checkten wir im Hotel *Desert Paradise Resort* ein. Es lag zwar etwas abseits vom Strip, dafür war es dort ruhiger, die Zimmer waren größer und sie hatten obendrein eine Waschmaschine, einen Trockner und eine separate große Küche mit Balkon. Sogar ein schöner, großer Pool gehörte zum Hotel. Leider gab es kein Restaurant.

Nachdem Bill und ich eingecheckt und unsere Koffer aufs Zimmer gebracht hatten, trafen wir uns noch einmal in der Eingangshalle. Wir hatten vor, in der Nähe eine Kleinigkeit zu essen. Doch so sehr wir auch suchten, es war kein ordentliches Lokal in der Nähe. Wir waren zu weit vom Strip entfernt.

So blieb uns nichts anderes übrig, als mit Bills Wagen zu dem *Whole Foods* zu fahren, den Luzi und ich bereits von unserem letzten Aufenthalt in Las Vegas kannten.

»Bill, du *musst* unbedingt die Polizei verständigen. Dir bleibt keine andere Wahl. Oder willst du die 200.000 Dollar tatsächlich zahlen?«, fragte ich Bill, nachdem wir uns am großen Büffet des Marktes etwas zu Essen geholt und zwei frei Plätze in der hinteren Ecke gesucht hatten.

Bill war sich noch etwas unsicher. In seinem Kopf arbeitete es unaufhörlich. Wieder kamen bei ihm Zweifel auf, wo ich eigentlich dachte, dass sie längst ausgeräumt wären.

»Ehrlich gesagt, weiß ich es nicht. Ich stehe immer noch total unter Schock.«

Bill hatte das Gespräch mit Luzi aufgezeichnet. Er hörte es sich während des Essens immer wieder an und sah sehr nachdenklich aus.

»Ich wusste gar nicht, dass du das Gespräch mitgeschnitten hast«, wunderte ich mich. »Das geht wohl?«

»Ja, das geht, Josie. Meine Tochter hat mir bei meinem letzten Besuch in Carson City eine App installiert. Dieses Programm zeichnet alle Gespräche auf, die man mit diesem Handy macht.

Sie wollte damit sicherstellen, dass ich mir die Gespräche mit meiner Tochter noch einmal anhören kann, weil doch ältere Leute so vergesslich sind, vor allem was das Kurzzeitgedächtnis betrifft.«

»Das ist doch cool. Vielleicht hat uns deine Tochter damit einen ganz großen und entscheidenden Gefallen getan. Ich würde den Mitschnitt sofort der Polizei schicken. Vielleicht können die etwas damit anfangen.«

»Meinst du? Und was hat das für einen Sinn?«, fragte Bill.

»Die haben Programme, womit sie Stimmen analysieren können. Das habe ich erst kürzlich in einer Zeitschrift gelesen. Vielleicht können sie anhand dieses Telefonates eine Stimme einer ganz bestimmten Person zuordnen«, erklärte ich ihm. »Die beiden Entführer werden doch sicher der Polizei bekannt sein.«

»Wenn du meinst, Josie. Man sollte nichts unversucht lassen.«

Nachdem wir wieder zurück im Hotel waren, rief Bill am späten Abend noch die Polizei an und schickte ihnen die Gesprächsaufzeichnung. Er erzählte den Beamten auch von Francesco und von dem Vorfall im letzten Jahr mit Luzi und mir im *Venetian*.

Die Cops gaben Bill den Rat, den Gangstern das Geld nicht zu übergeben und den Termin der Übergabe verstreichen zu lassen.

In der Regel würden die Entführer den Termin noch einmal um ein paar Stunden verschieben, dann wäre immer noch Zeit zu reagieren, meinten die Polizisten. Manchmal geben die Entführer sogar auf und die entführte Person wird freigelassen.

»Das gefällt mir nicht«, sagte Bill zu mir, nachdem er das Gespräch mit der Polizei beendet hatte. Sie möchten, dass ich den Übergabetermin verstreichen lasse.

Der nächste Tag ist ja bereits der Tag unserer Hochzeit. Pünktlich 13:30 Uhr müssen wir in der Kapelle sein. Josie, ich glaube das wird nichts mit unserer Hochzeit. Dann wären alle meine Bemühungen umsonst.«

»Sei nicht so pessimistisch. Warten wir erst einmal ab. Vielleicht wendet sich das Blatt doch noch zum Guten.

Es ist spät Bill, gehen wir auf unsere Zimmer und versuchen wir, etwas zu schlafen. Morgen sehen wir weiter«, schlug ich Bill vor. »Ich bin immer noch optimistisch.«

»Ich glaube, ich werde die ganze Nacht kein Auge zumachen können. Was wird nun aus unserer Hochzeit?«, fragte mich Bill ganz traurig. »Ich habe mich so darauf gefreut und alles bis ins kleinste Detail vorbereitet. Das soll jetzt alles zunichte sein?«

Was sollte ich auf Bills Bedenken regieren? Wie sollte ich ihn nur trösten?

»Vielleicht geschieht ja doch noch ein Wunder«, mehr fiel mir nicht ein.

Einerseits machte ich mir zwar große Sorgen um Luzi, andererseits wusste ich, dass Luzi sich nicht alles gefallen lassen würde. Seitdem sie diesen Yoga-Kurs gemacht hatte, wusste sie sich im Ernstfall ganz gut zu verteidigen.

Sie erzählte mir nach jeder Übungsstunde, was sie alles neu gelernt hatte. Meist waren es Yoga-Übungen mit so eigenartigen Namen, wie Bogenschütze, die Katze streckt ihr Bein oder der mit dem Hund wedelnde Schwanz, oder so ähnlich. So genau weiß ich es auch nicht mehr, wie die Übungen hießen. Es waren jedenfalls meist ganz lustige Namen. Ob ihr das in diesem schweren Fall der Entführung einen Vorteil gebracht hätte, konnte ich nicht einschätzen.

Luzi war in ihrem kleinen Zimmer gefangen. Wo sie war, wusste sie nicht. Sicher irgendwo mitten in der Millionenstadt Las Vegas in einem großen Gewebegebiet. Die einzige Verbindung zur Außenwelt war ein Fenster, das immer geöffnet, aber von außen vergittert, war. Obwohl sich der Raum im Erdgeschoß befand war somit eine Flucht unmöglich.

Ob sie wollte oder nicht, Luzi musste sich ihrem Schicksal ergeben und hoffen, dass sie bald wieder frei kommen würde.

In der Ferne hörte Luzi ab und zu sonderbare Geräusche, konnte sie jedoch nicht zuordnen. Manchmal waren sie lauter, manchmal leiser. Gelegentlich ratterte es laut, zuweilen summte es und dann und wann hörte sie auch Stimmen. Wenn sie aus ihrem Fenster schaute, sah sie jedoch nur eine hässliche graue Wand des Nebengebäudes.

Die merkwürdigen Geräusche wiederholten sich in nahezu gleichen Abständen. Luzi vermutete, dass die Geräusche nur vom Strip kommen konnten. Doch der *Las-Vegas-Boulevard* ist fast sieben Kilometer lang. Selbst wenn sie genau wüsste, wo sie sich befand, was hätte es ihr gebracht. Sie konnte es niemanden mitteilen. Ihr Handy lag in Bills Wagen. Mit einem Handy hätte sie ja auch mühelos die Koordinaten ihres Standortes ermitteln können, wenn sie denn in der Lage dazu war.

Luzis Stimmung änderte sich, kippte plötzlich. War sie anfangs noch sehr optimistisch, glaubte sie auf einmal auch nicht mehr, dass die Hochzeit mit Bill noch pünktlich standfinden könnte, wenn überhaupt.

Sie legte sich auf die harte Matratze des Bettes und starrte die Decke an. Alles war irgendwie unwirklich, wie in einem Traum. Doch es war kein Traum, es war die Realität. Sie schloss ihre Augen, doch sie konnte nicht einschlafen. Sie konnte an nichts anderes mehr denken.

Plötzlich fing sie tatsächlich an zu träumen. Oder war es gar kein Traum. Luzi stand von ihrem Bett auf, lief ans Fenster und schaute hinaus. Sie konnte aber nur die graue Mauer des Nebenhauses erkennen.

Auf einmal sah sie einen Schatten vorbeihuschen.

»Hallo, wer sind Sie? Helfen Sie mir bitte! Man hat mich entführt und hier eingesperrt. Ich will hier raus«, rief sie mit gedämpfter Stimme der fremden Person zu.

Der Schatten mauserte sich zu einem Mann, der plötzlich vor Luzis Fenster stand und ihr leise flüsternd antwortete: »Luzi, du brauchst keine Angst zu haben. Es wird alles gut werden. Ich bin immer bei dir. Noch bin ich bei dir. Aber unsere Zeit ist begrenzt.«

»Bist du, bist du etwa unser ...?«, Luzi hatte eine Ahnung.

Schweißgebadet wachte Luzi auf, schreckte aus ihrem merkwürdigen Traum hervor und war plötzlich wach.

Was war das? Fragte sie sich. War es wirklich unser Schutzengel? Sie konnte es nicht genau sagen. Aber es stimmte sie auf einmal optimistischer.

Plötzlich hatte sie keine Angst mehr von den Entführern. Der vermeintliche Schutzengel hatte sie ihr genommen.

Der Tag vor der Hochzeit

Es war der 30. Juli, der Tag vor Bills und Luzis geplanter Hochzeit. In Las Vegas hatten sie an diesem Sonntag noch nichts von Luzis Entführung erfahren. Und das war auch gut so. Die Vorbereitungen zur Hochzeit des Jahres liefen in vollem Gange. Es gab bestimmt keinen Bewohner und keinen Touristen in der Stadt, der nicht von dieser Hochzeit wusste.

Um von den Vorbereitungen zur großen Feier zu erfahren, brauchten wir nicht einmal unser Hotel verlassen. Im Fernsehen wurde den ganzen Tag live von den Vorbereitungen in Las Vegas berichtet. Es schien, als würde eine enorme Aufregung unter den Menschen herrschen, die natürlich auch auf die vielen Touristen übergesprungen war.

Tausende amerikanische und auch viele deutsche Fahnen zierten den *Las-Vegas-Boulevard*. Geschmückt wurde wie bei einem großen Feiertag, wie zum Beispiel beim Tag der Unabhängigkeit, oder auch Independence Day, wie man in Amerika sagt.

Bill und ich sahen viel Schmuck in den Farben Weiß, Rot und Blau, den Farben der amerikanischen Fahne. Die Farbe Weiß verkörpert in

Amerika bekanntlich die Reinheit und Unschuld, das Rot steht für Tapferkeit und Heldenmut und das Blau für die Gerechtigkeit.

An den Hotels wurden riesige Transparente angebracht. An vielen Häuserfassaden hingen überdimensionale große Fotos von mir und Luzi. Sogar auf den gewaltigen, bunten Bildschirmen, die an vielen Gebäuden der Stadt angebracht waren, liefen Filme über uns in einer Endlosschleife. Alles war eben typisch amerikanisch.

Es war quasi ein öffentlicher Ehrenerweis auf unsere Heldentaten hier in Amerika im Jahr zuvor und ich war mächtig stolz. Dabei war es für uns nur eine Selbstverständlichkeit gewesen, sich für Recht und Gesetz einzusetzen.

Für die Bewohner von Las Vegas war die Situation vielleicht normal. Ich, jedenfalls, habe so etwas noch nie gesehen. Für mich war es sensationell und überwältigend. Was würde wohl am Tag der Hochzeit noch alles passieren? Ich konnte es mir kaum vorstellen. Das Einzige, was ich konnte, war Daumendrücken, dass doch noch ein Wunder geschehen und Luzi freikommen würde.

Ich traute mich nicht vor die Tür, aus Angst erkannt zu werden und vielleicht Fragen von neugierigen Journalisten, unter denen die Entführung von Luzi vielleicht schon durchgesickert war, beantworten zu müssen. So verbrachten Bill und ich die Stunden am Pool und warteten darauf, bis entweder die Polizei oder die Entführer sich meldeten.

Im Hotel kannte man uns zwar auch, aber wir wurden größtenteils in Ruhe gelassen. Die wenigen Fragen nach Luzi beantworteten wir dahingehend, dass sie erst am Sonntagabend in Las Vegas ankommen würde. Gründe nannten wir nicht.

Am späten Nachmittag meldeten sich endlich die Entführer. Sie erinnerten uns jedoch nur an den Termin der Geldübergabe. Kurz darauf rief auch noch die Polizei an und machte uns zum ersten Mal berechtigte Hoffnungen.

»Hallo Herr Lehmann, wir haben eine gute und eine schlechte Nachricht für Sie. Die schlechte zuerst. Wir wissen noch nichts über den Aufenthaltsort von Luzi Müller. Aber wir konnten zumindest eines der Geräusche zuordnen und das ist nun die gute Nachricht. Und zwar handelt es sich bei einem Geräusche um eine Bahn. Es gibt in Las Vegas mehrere Bahnen. Die kostenpflichtige Monorail verkehrt vom *MGM* bis zur *Sahara Station* auf der Ostseite vom Strip.

Auf der Westseite gibt es drei kostenlose Bahnen, die zwischen einigen Hotels verkehren. Die erste Bahn verkehrt vom *Mandalay Bay* bis zum *Excalibur*. Die zweite Bahn fährt vom *Monte Carlo* bis zum *Bellagio* und die dritte Bahn vom *Mirage* bis zum *Treasure Island*. Eine der vier Bahnen muss sich ganz in der Nähe von Luzis Aufenthaltsort befinden. Wir wissen nur noch nicht welche.«

»Das ist ja tatsächlich eine gute Nachricht«, freute sich Bill. »Es gibt also doch noch Hoffnungen?«

»Natürlich gibt es noch Hoffnungen. Bitte übergeben sie den Entführern kein Geld. Wir sind uns ganz sicher, dass wir recht bald auch das zweite Geräusch eindeutig zuordnen können. Geben Sie uns noch etwas Zeit.

Ach so. Noch etwas Positives. Auch eine Stimme der Entführer haben wir bereits identifiziert. Es sind in der Tat Leute von Francesco. Den einen nennen alle nur Little Joe. Das ist der Gefährlichste der Beiden.

Passen sie bitte gut auf! Die Entführer sind alle bewaffnet und schrecken vor nichts zurück.

Für sie zählt ein Menschenleben nichts, die sind skrupellos.

Ich glaube aber nicht, dass sie Luzi etwas antun werden. In diesem Fall hätten sie ja kein Druckmittel mehr. Die Chance an Geld zu kommen wäre vertan. Das wird nicht das Ziel der Entführer sein.

Da aber Francesco im Moment hinter Gittern ist, benötigen sie dringend Geld. Eine tote Luzi würde ihnen nichts weiter bringen, als noch mehr Ärger.

Zögern sie die Übergabe hinaus! Sagen Sie, Sie hätten das Geld noch nicht vollständig zusammen. Verweisen Sie auf den Sonntag, wo keine Bank geöffnet hat.«

Die Zeit der Geldübergabe rückte immer näher. Doch Bill fuhr nicht zum *Bellagio*, er ließ den Termin verstreichen, genau, wie die Polizei es ihm geraten hatte. Bill wusste zu diesem Zeitpunkt nicht, ob er richtig gehandelt hatte. Das Wichtigste für ihn war, Luzi zu retten.

Eine halbe Stunde nach dem Anruf der Polizei meldeten sich die Entführer erneut.

»Haben Sie vielleicht Ihre Uhr schon auf die Zeitzone Ihrer zukünftigen Frau in Deutschland umgestellt? Oder wie sollen wir verstehen, dass Sie den vereinbarten Termin nicht einge-halten haben?«, fragte Little Joe und seine Stimme klang aufgebracht.

»Ich konnte Sie leider nicht telefonisch errei-chen, Sie rufen ja immer inkognito an«, ver-suchte sich Bill rauszureden. »Sonntags hat hier keine Bank geöffnet. Das müssten Sie, als Be-wohner der Stadt, doch wissen.

Auch bin ich kein professionaler Spieler, der in einem Casino schnell mal ein paar Tausend Dollar erspielen kann. Oder glauben Sie, ich hätte diese Summe einfach so in der Hosenta-sche?

Morgen elf Uhr vormittags werde ich das Geld im *Bellagio* hinterlegen. Spätestens eine halbe Stunde später ist Luzi frei. Ist das Klar? Dann schaffen wir unseren Termin um 13:30 Uhr noch«, Bills Stimme klang entschlossen und siegessicher.

»Sie haben großes Glück, dass heute Sonntag ist. Morgen elf Uhr vormittags ist Ihre letzte Chance.«

»Kann ich bitte noch einmal mit Luzi re-den?«, fragte Bill.

»Meinetwegen. Warten Sie bitte eine Minute! Ich gebe sie Ihnen gleich. Aber fassen Sie sich kurz.«

Am Telefon hörte Bill, wie Little Joe die Tür aufschloss.

»Luzi, dein Freund und zukünftiger Ehemann Bill möchte dich noch einmal sprechen. Sag ihm, wie gut es dir bei uns geht.«

»Hallo Bill, mir geht es gut. Ich weiß nicht, was ich sagen soll. Ich kann doch von dir nicht verlangen, dass du so viel Geld für mich bezahlst.«

»Lass mich das nur machen, Luzi«, beruhigte Bill Luzi. »Du bist es wert. Sonst würde ich dich nicht heiraten wollen. Die Hochzeit wird morgen auf jeden Fall stattfinden.«

»Ach Bill, ich bin eine alte Frau. Ich möchte nicht, dass du für mich so viel Geld bezahlst. Ich glaube, die werden mich auch so freilassen. Pass mal auf!«

»Jetzt ist es aber gut, Luzi. Morgen kommst du frei. Komme, was wolle. Du musst nur fest daran glauben.«

Dann nahm Little Joe Luzi das Handy wieder weg und beendete das Gespräch. Bill rief umgehend bei der Polizei an und überspielte ihnen die Aufzeichnung des Anrufes.

»Danke, Herr Lehman«, freute sich der Polizist. »Unser Spezialist wird sich gleich morgen früh an die Identifizierung machen. Um acht

Uhr beginnt sein Dienst. Ich bin mir sehr sicher, dass wir auch das zweite Geräusch identifizieren werden.«

»Josie, die dubiosen Geräusche waren wieder da«, freute sich Bill. »Ich habe sie im Hintergrund genau hören können. Vielleicht hat es nun die Polizei bei der Zuordnung einfacher. Ich denke, das wird doch noch was mit der Hochzeit.«

»Und was passiert, wenn auch das zweite Geräusch bekannt ist?«, fragte ich Bill.

»Dann halten sie Luzi in einem Haus fest, wo man beide Geräusche gleichzeitig hören kann. Davon wird es in Las Vegas nicht viel geben. Wenn wir Glück haben, nur ein einziges.«

»Jetzt müssen wir noch eine ganze Nacht warten. Das macht mich fertig«, jammerte ich.

»Mich auch Josie, aber wir haben leider keine andere Wahl. Morgen wird sich alles aufklären. Solange müssen wir noch durchhalten. Komm, wir fahren jetzt zu *Whole Foods* und essen etwas.«

»Du meinst, wir sollen uns unter die Leute mischen?«, gab ich zu Bedenken.

»Warum nicht? Ich glaube nicht, dass uns so viele Menschen ohne Luzi erkennen werden. Und wenn ja, was soll uns schon passieren?«

»Na gut, wenn du meinst, Hunger habe ich ja. Dann können wir gleich für morgen früh etwas zum Frühstück einkaufen. Hier im Hotel bekommen wir sowieso nichts, außer vielleicht einen dünnen Kaffee.«

»Na, dann lass uns gleich gehen.«

Ich setzte mir ein Basecap auf und wir machten uns auf den Weg. Niemand erkannte mich. Ohne meine Luzi konnte ich mich anscheinend unerkannt bewegen.

Tag der Hochzeit von Luzi und Bill

Der Montag, der 31. Juli, begann für Bill und mich sehr traurig. Eigentlich sollte es ja der schönste Tag im Leben für Bill und Luzi werden. Doch Luzi war immer noch in den Fängen skrupelloser Entführer und Bills Hoffnungen, Luzi bis zum Hochzeitstermin freizubekommen wurden von Minute zu Minute geringer.

Es war bereits nach zehn Uhr morgens und bisher kam noch kein Anruf von der Polizei, weder ein positiver noch ein negativer. In knapp einer Stunde sollte die Geldübergabe stattfinden. Vielleicht die letzte Chance für Luzi, am Leben zu bleiben.

Um diese Zeit sinnvoll zu nutzen, machten wir uns nach unserem Selbstversorger-Frühstück schon einmal hochzeitsfein, in der Hoffnung, dass doch noch alles gut gehen würde.

Zehn Uhr fünfzig klingelte Bills Handy. Es war endlich die Polizei.

»Hallo Herr Lehmann. Es gibt positive Nachrichten. Wir konnten vor wenigen Minuten auch das zweite Geräusch eindeutig identifizieren.«

»Gott sei Dank. Das ist ja hervorragend. Und, was ist es für ein Geräusch?«, fragte Bill sichtlich erleichtert und mit einem Lächeln auf den Lippen.

»Es ist die Achterbahn im nahegelegenen Hotel *New York, New York*. Die Geräusche waren nur sehr schwach zu hören, aber unser Kollege hat eine Spezialsoftware, um diese Geräusche zu separieren. Wir sind uns zu Hundertprozent sicher.

Das Gebäude, in welchem die Kidnapper Luzi Müller gefangen halten, befindet sich hinter dem genannten Hotel, in der Nähe vom Frank Sinatra Drive. Zufahrt ist über die Rue de Monte Carlo. Eine Spezialeinheit ist bereits vor Ort.

Das Gebäude ist umstellt. Niemand kommt dort weder raus noch rein. Machen Sie sich keine Sorgen, Herr Lehmann. Ihrer Braut wird nichts passieren, dafür werden wir sorgen. Auf unsere Männer können Sie sich verlassen. Es ist nur noch eine Frage von Minuten, bis Luzi frei ist. Wir werden Sie ständig auf dem Laufenden halten. Bye.«

Dann legte er auf.

»Hast du gehört, Josie? Die Polizei konnte den Ort, wo Luzi festgehalten wird, identifizieren. Sie sind gerade dabei, sie von den Entführern zu befreien. Es wird alles gut werden.

Im Moment können wir gar nichts tun. Doch, wir fahren in die Nähe und stellen unser Auto in einem Hotel ab. Falls es der Polizei gelingt, Luzi freizubekommen, laden wir sie sofort ein und nehmen sie mit zurück in unser Hotel.«

»So machen wir es«, stimmte ich voller Optimismus Bill zu. »Alles wird gut. Ich freue mich ja so. Auf geht's!«

Als wir mit Bills Wagen in die Nähe des Hotels *New York, New York* kamen, sahen wir mit eigenen Augen, dass die Polizei das betreffende Gebiet großräumig abgesperrt hatte. Überall standen Einsatzwagen mit Blaulicht und Sirene. Doch gegenüber, im *MGM*, gelang es uns ins Parkhaus fahren. Es war kurz nach elf Uhr. Die Zeit wurde langsam knapp.

Gerade, als wir uns auf einem freien Parkplatz abgestellt hatten, klingelte Bills Handy, erneut war es die Polizei.

»Hallo, Herr Lehman, wir haben eine sehr erfreuliche Nachricht: Luzi ist endlich frei, ihr geht es gut, sie sitzt unverletzt in unserem Fahrzeug. Wo sollen wir sie hinbringen?«

»Wahnsinn, das ist ja, wie im Traum«, freute sich Bill wie ein kleines Kind. »Unsere Hochzeit ist gerettet. Wir befinden uns genau gegenüber im Parkhaus von *MGM*, Platz Nummer 429.«

»Okay, bleiben Sie, wo Sie sind! Wir kommen sofort zu Ihnen.«

Es dauerte keine fünf Minuten, da hörten wir bereits die typisch amerikanischen Sirenen der Polizei. Sekunden später waren die Cops und mit ihr natürlich auch Luzi bei uns.

»Was machst du nur für Sachen, meine Gute?«, begrüßte ich Luzi als sie aus dem Polizeiwagen ausstieg und nahm sie in den Arm.

»Wieso ich? *Die* wollten mich doch entführen. Es war wie im Film. Es ist ihnen aber nicht gelungen. Die waren viel zu doof dazu. Eine Luzi Müller entführt man nicht so leicht.«

»Luzi, die *haben* dich aber entführt. Das war *kein* Spiel. Du hast Glück, dass du noch lebst«, sagte Bill und drückte sie ganz fest.

»Ach was. Ich habe ja erst gedacht, das ist eine von deinen Überraschungen, Bill. Aber dann ging mir doch für einen Moment die Düse. Vor allem, weil die mir immer nur Burger zum Essen gebracht haben«, scherzte Luzi. »Zu meiner Hochzeit hätte ich etwas mehr Abwechslung erwartet.«

»Komm jetzt, Luzi«, forderte ich sie auf. »Es wird höchste Zeit, du musst dich noch frisch machen.«

Endlich hatte ich meine Luzi wieder. Das Wichtigste war jedoch, dass sie die Entführung unverletzt überlebt hatte.

Auf dem Weg zu unserem Hotel, konnten wir noch einmal sehen und endlich ein wenig genießen, wie Las Vegas wegen Luzi, Bill und mir geschmückt war. Die ersten Schaulustigen standen bereits seit Stunden mit Wink-Elementen und kleinen Fähnchen am Straßenrand.

Es gab sogar Menschen, die ihre Hunde und Katzen verkleidet hatten. Die ausgefallensten Kostüme konnten wir entdecken. Zum Beispiel sah ich eine Katze im Seeräuberkostüm und einen Hund als Sheriff verkleidet. Sogar eine kleinen Colt hatte er umhängen. Verrückt, die Amis. Aber so sind sie nun mal und dafür lieben wir sie.

Luzi hatte den ganzen Trubel, den bunten Glamour in der Stadt gar nicht so richtig mitbekommen. Aufgrund der Entführung war sie während der Fahrt ins Hotel noch immer etwas benommen. Doch das legte sich, sobald sie im Hotel mit den Vorbereitungen zu ihrer Hochzeit mit Bill begann. Es dauerte nicht lange, da war meine Luzi wieder die Alte, so wie ich sie immer noch liebe.

Hochzeit von Luzi und Bill in Las Vegas

Pünktlich 13:00 Uhr war Luzi bereit für den großen Augenblick, ihre Hochzeit mit Bill. Trotz der traumatischen Erlebnisse der letzten fast 48 Stunden sah sie aus, wie aus dem Ei gepellt. Das Western-Outfit stand ihr wirklich sehr gut und gemeinsam mit Bill sahen beide wie ein glückliches Paar aus.

Luzi trug eine leichte Kurzarmbluse in einem schicken Karomuster in den Farben blau, weiß und rot, die Farben der amerikanischen Flagge. An Brust und Rücken waren Strasssteine angebracht; Knopfleiste und Taschenklappen waren mit einem Blümchenbesatz verziert. Hervorragend zur Bluse passte der Jeansrock in Midi-Länge mit rustikal abgesteppten Eingriff-Taschen und einer großen Stickerei auf der Vorderseite. Hellbraune Cowboystiefel ergänzten ihren Western-Look.

Bill war in einem weißen Hemd aus weichem Popelin mit zwei gerundeten, schräg eingesetzten Paspel-Taschen auf der Brust gekleidet. Auffällig waren die aufgedruckten Arabesken mit einem stilisierten Mustang im Schulterbereich. Auch er trug eine Jeanshose und natürlich Cowboystiefel.

Die cremefarbenen Cowboyhüte aus Filz mit breiter Krempe komplettierten das Outfit der Beiden.

Mir kamen fast die Tränen vor Freude, als ich das Brautpaar sah. Luzi und Bill sahen sehr glücklich aus. Gewiss war es die Vorfreude auf das, was da gleich auf sie zukommen würde. Ein klein wenig Aufregung war selbstverständlich auch zu spüren.

Bill war von Luzis Anblick überwältigt: »Oh, mein Gott, Luzi. Du siehst ja umwerfend aus, wie ein echtes amerikanisches Cowgirl«, freute er sich und gab Luzi einen Kuss auf die Stirn.

»Das war auch so gewollt. Hattest du etwas anderes erwartet? Du siehst aber auch ganz schnuckelig aus, muss ich zugeben.«

Bill reichte Luzi beide Hände und stellte fest: »Ich glaube, wir werden ein hervorragendes Paar abgeben.«

»Das möchte ich doch hoffen.«

Ich sah Bill von oben bis unten an und stellte fest: »Weißt du was, Bill? Du bist so schön angezogen. Aber etwas stört mich an dir. Du hättest vorher noch mal zum Friseur gehen können. Ich glaube, deine Haare sind ein wenig zu lang und deinen Bart hättest du auch stutzen können.«

»Lass mal, Josie, zu einem richtigen Cowboy passt das ganz gut. Ich fühle mich ganz wohl, so wie ich bin.«

Wo er recht hatte, hatte er recht. Seine hellgrauen Haare und sein Bart erinnerten ein wenig an den Sänger Kenny Rogers, der zu dieser Zeit noch lebte. Zu seinen größten Erfolgen gehörten Songs, wie *The Gambler* oder *Lucille*. Leider ist er am 20. Mai 2020 in einem Alter von 81 Jahren viel zu früh verstorben.

Vor dem Hotel wartete schon die weiße Stretch-Limousine, die uns abholen und nahezu den gesamten Strip entlang bis zur Kapelle bringen sollte. Schnell stiegen wir ein und dann ging es endlich los.

Unser Corso begann am Hotel *Mandalay Bay*. Vor und hinter uns fuhren mehrere Polizisten auf Motorrädern mit Blaulicht und Sirenen. Überall am *Strip* sah man Menschenmassen, die sich am Straßenrand drängten und uns mit ihren Fähnchen begeistert zuwinkten. An vielen Stellen war kaum noch ein freier Platz zu erhaschen.

»Was ist denn hier los?«, fragte Luzi ganz erstaunt.

»Na, was schon, meine Gute? Die sind wegen uns hier, wegen dir und mir«, klärte ich Luzi auf.

»Ich krieg die Krise. Warum das denn?«, fragte sie verwundert.

»Weil sie sich bei uns bedanken wollen.«

Luzi konnte es kaum fassen. »Wofür bedanken? Was haben wir gemacht?«

»Weil wir im letzten Jahr als Nicht-Amerikaner unser Leben dafür riskiert haben, einige langgesuchte Verbrecher hinter Gitter zu bringen. Aber das weißt du doch noch.«

»Na klar, weiß ich das noch. Das hat doch Spaß gemacht, oder?«, scherzte Luzi und lachte.

»Wie man's nimmt, Luzi. Es war aber teilweise auch sehr gefährlich. Denke doch nur daran, wie die Gangster auf dem Highway auf uns geschossen hatten.

Jetzt anlässlich deiner Hochzeit mit Bill, wollen sich die Menschen stellvertretend für alle Amerikaner bei uns bedanken. Für dich war es doch auch nicht ganz ungefährlich.«

»Ach was. Für mich war das nicht gefährlich«, wiegelte Luzi ab.

»Du bist ganz schön abgebrüht. Dir hat ja auch die Entführung nichts ausgemacht.«

»Welche Entführung?«

Ich verdrehte wieder mal die Augen. Das Gespräch war abrupt beendet.

Langsam fuhr unsere weiße Stretch-Limousine vorbei an den Hotels *Luxor, Excalibur, Tropicana, MGM, New York, New York, Monte Carlo, Planet Hollywood, Bellagio, Paris Las Vegas, Bally's, Caesars Pallace, Mirage, Venetian, Treasure Island* und vielen anderen. Hinter dem *Wynn Las Vegas* bogen wir ab und steuerten genau auf die Kapelle zu, in der die Hochzeit stattfinden sollte.

Vor der Kapelle wurden wir von der Standesbeamtin begrüßt. Sie erklärte uns kurz den Ablauf der Hochzeitszeremonie, die vollständig in deutscher Sprache vollzogen werden sollte. Dann ging es auch schon los.

Luzi und Bill nahmen ihre Cowboyhüte ab und legten sie im Vorraum der Kapelle auf einen extra dafür bereitgestellten Tisch.

Mit dem traditionellen Hochzeitsmarsch betraten wir das Innere der Kapelle und staunten, dass sie voll besetzt war mit den unterschiedlichen Gästen, die wir überhaupt nicht eingeladen und mit denen wir auch nicht gerechnet hatten.

Auf den ersten Blick erkannten wir Mickey Mouse und Donald Duck, Marilyn Monroe, Johnny Depp, Supermann, Grinch, die Eiskönigin und Olaf, Miss Piggy aus der Sesamstraße, Indiana Jones und viele andere Hollywood-Filmhelden.

Wenige Schritte hinter dem Eingang stand Elvis und begrüßte uns lächelnd mit Handschlag. Er hatte bereits ein Mikro in der rechten Hand und war bereit, einige seiner größten Hits für uns zu singen. Noch bevor die Zeremonie begann, sang er den Song »Love me Tender.«

Der falsche Elvis hatte fast dieselbe Stimme, wie der richtige und ausgerechnet sang er einen meiner Lieblingslieder. Es war ein wunderschöner Beginn.

Nachdem der letzte Ton des Songs verklungen war, begann die Standesbeamtin mit ihrer Ansprache.

»Wir sind heute, am 31. Juli 2017 im Angesicht Gottes hier in Las Vegas versammelt, um Bill Lehmann und Luzi Müller im Bund der Ehe zu vereinigen. Dies ist ein ganz besonderer Tag, einer der wertvollsten in Eurem Leben. Ein Zeitpunkt, den Ihr sicherlich niemals vergessen werdet…«

Es war wirklich eine sehr schöne Rede der Standesbeamtin. Sie dauerte etwa zehn Minuten, in denen sie Luzis und Bills Biografie noch einmal kurz in Worte fasste.

Der Höhepunkt war jedoch das sogenannte »Ja-Wort«.

»Bill, nimmst du Luzi zu deiner rechtmäßig angetrauten Ehefrau?«, fragte die Standesbeamtin. »Dann antworte bitte mit JA.«

Bills Blick wendete sich Luzi zu. Mit seiner Antwort ließ er jedoch etwas auf sich warten. Sicher war es pure Absicht, nur um Luzi zu ärgern. Luzi schaute Bill etwas besorgt und fragend an. Doch der lächelte nach einem kurzen Augenblick des Innehaltens Luzi schelmisch an.

»Ja«, sagte Bill ganz laut und ergänzte auf Wunsch der Beamtin: »Ich, Bill, nehme dich Luzi zu meiner Ehefrau.«

Das gleiche Spielchen dann noch bei Luzi.

»Luzi, nun ist es an dir. Nimmst du Bill zu deinem rechtmäßig angetrauten Ehemann? Dann antworte ebenfalls bitte mit JA.«

»Ja«, antwortete Luzi sofort und ergänzte freudig: »Ich, Luzi, nehme dich Bill zu meinem Ehemann.«

Danach tauschten beide ihre Ringe, die Bill noch in letzter Sekunde in San Francisco besorgt hatte, ohne Luzis Ringgröße genau zu kennen. Aber sie passten hervorragend. Zum Abschluss der Hochzeitszeremonie gab es den obligatorischen Kuss und Elvis sang seinen allerletzten Song »Viva Las Vegas«, der die Stimmung noch etwas anheizte.

Noch während die ersten Töne erklangen, stimmten sämtliche Hochzeitsgäste ein und die ganze Kapelle tanzte und klatschte.

Viva Las Vegas.
Viva Las Vegas.
Viva Las Vegas.
Viva Las Vegas.

Mit einem Mal ging es so richtig hoch her in der kleinen Kapelle. Ich hatte den Eindruck, dass die Feier etwas ins Kitschige abdriften könnte. Mir wurde jedoch schnell klar, dass diese Art Hochzeit zu feiern in Amerika Gang und Gäbe ist. Typisch amerikanisch eben. Je ausgeflippter, desto besser. Nicht so steif, wie bei uns Deutschen.

Einmal in ausgelassene Begeisterung gekommen, stimmten Mickey Mouse und Donald Duck zu guter Letzt auch noch den Ententanz an und alle Gäste tanzten.

Ja, wenn wir alle Englein wären
Dann wär die Welt nur halb so schön
Wenn wir nur auf die Tugend schwören
Dann könnten wir doch gleich schlafen gehen

Während sich die Stimmung auf dem Höhepunkt befand, machte die Mitarbeiterin der Standesbeamtin noch ein paar Erinnerungsfotos von Luzi und Bill. Natürlich wurden für das eine oder andere Foto auch Elvis, ich und die Standesbeamtin mit ins Bild geholt.

Die Hochzeitsgäste sangen unterdessen einfach weiter, ein Stimmungslied nach dem anderen. Einige schunkelten sogar. An die vielen Titel kann ich mich jedoch nicht mehr erinnern, vielleicht auch weil die Gäste in englischer Sprache sangen.

Anschließend begleitete uns die Standesbeamtin wieder aus der Kapelle hinaus. Auf dem Weg nach draußen folgten uns sämtliche Gäste und klatschten unentwegt Beifall.

Vor der Kapelle wartete die nächste Überraschung auf uns. Wir glaubten unseren Augen nicht zu trauen, wer uns da auf einmal begrüßte.

»Hallo Oma, hallo Bill, herzlichen Glückwunsch zu Eurer Hochzeit«, gratulierte Marie als Erste und umarmte das frisch vermählte Hochzeitspaar.

Auch Jasmin beglückwünschte Luzi und Bill und nahm sie abwechselnd in ihre Arme: »Alles, alles Gute, Euch Beiden. Wir freuen uns ja so, dass es dir gut geht, Mutti, und alles noch so gut geklappt hat mit Eurer Hochzeit. Die Feier war übrigens wunderschön.«

»Jasmin, Marie, wie kommt *Ihr* denn hierher?«, freute sich Luzi mit einigen Freudentränen in den Augen. Sie war dermaßen überrascht, dass sie im ersten Moment nicht wusste, was sie sagen sollte. Mit diesen Gratulanten hätte sie überhaupt nicht gerechnet. Man sah ihr jedoch an, dass sie sich riesig darüber freute.

»Das erzählen wir Euch später. Lasst Euch erst einmal wieder zurück ins Hotel bringen. Treffen wir uns doch heute um sieben Uhr irgendwo in der Mitte vom *Strip*, vielleicht am Hotel *Bellagio*. Das liegt sehr zentral«, schlug Jasmin vor. »In einem Restaurant können wir auf Euer Glück anstoßen und gemeinsam etwas essen. Oma wird es sicher kaum erwarten können, von ihrem spannenden Abenteuer zu berichten.«

»Ja, das machen wir doch gern, oder Bill«, freute sich Luzi. »Ich muss ja jetzt erst meinen frisch vermählten Mann fragen, ob er überhaupt einverstanden ist. Ich kann jetzt nicht mehr alles alleine entscheiden. Die Zeiten sind nun vorbei«, schmunzelte Luzi und gab Bill einen leichten Seitenhieb.

»Aber gern, unser Glück müssen wir doch gebührend feiern«, ergänzte Bill. »Ich freue mich, dass Ihr noch rechtzeitig hierher nach Las Vegas gekommen seid. Anfangs hatte ich ja meine Bedenken, dass alles klappen würde.«

»Bill, du Schelm, du hast also alles gewusst und uns nichts davon erzählt«, stellte ich fest.

»Es war nicht einfach, mich nicht zu versprechen, aber es ist mir doch ganz gut gelungen«, freute sich Bill.

»Ach Oma, du kannst es einfach nicht lassen. Ich bin aber sehr stolz auf dich. Du hast dich von diesen Gaunern nicht unterkriegen lassen.«

»Wieso denn?«, fragte Luzi. »Ich kann doch nichts dafür, wenn ich entführt werde.«

»Stimmt auch wieder«, nickte Marie und zuckte mit den Schultern. »Jedenfalls hast du wieder mal dazu beigetragen, dass zwei gesuchte Gangster ihre gerechte Strafe bekommen.«

»Reden wir doch nicht mehr über die Entführung. Reden wir lieber über diesen schönen Tag heute, unsere Hochzeit«, schlug Luzi vor.

»Ja, Omi, das meine ich doch auch. Das war aber eine echt coole Celebration[1] hier in Vegas, mit all den Gästen. Ich kam mir vor wie im Brennnesselrausch[2]. Und heute Abend werden wir so richtig schlachten[3].«

»Was für einen Rausch und was wollen wir schlachten? Ein Schwein?«, fragte ich unwissend.

Marie nahm mich in ihren Arm und meinte: »Ach, Josie, das kennst du nicht, das ist Jugendsprache. Das erkläre ich dir ein anderes Mal. Und ein Schwein schlachten wollen wir schon gar nicht.

Ich soll Euch übrigens einen ganz lieben Gruß von Cem sagen. Er hat Euren Mietwagen wieder unversehrt bei der Verleihfirma abgegeben. Er hat sogar noch ein paar Euro zurückbekommen, weil er den Wagen zwei Tage eher zurückgebracht hat.«

---

[1] Feier
[2] Etwas Falsches geraucht haben
[3] Feiern gehen

»Das ist doch cool«, freute ich mich und Luzi ergänzte: »Da müssen wir Cem aber mal einen Kaffee ausgeben. Oder trinkt Cem nur Tee?«

»Beides, aber mit viel Zucker«, meinte Marie. Ich schüttelte den Kopf. »Igitt.«

Nachdem sämtliche Hochzeitsgäste die kleine Kapelle verlassen und auf dem Vorplatz versammelt hatten, wollten die meisten von ihnen ein Selfie mit Luzi, mir und Bill haben, darunter Mickey Mouse, Donald Duck, Johnny Depp, Donald Trump, Indiana Jones, Marilyn Monroe, Elvis Presley, James Dean und viele andere sogenannte »Helden«.

Natürlich waren die »Figuren« alle nicht echt, aber es hatte trotzdem riesigen Spaß gemacht. Die Selfie-Orgie dauerte etwa eine halbe Stunde. Dann kehrte endlich etwas Ruhe ein und die große Hochzeitsgesellschaft löste sich langsam auf.

Vor unserer Abfahrt von der Kapelle zum Hotel, kam ein echter Polizist auf uns zu und berichtete, dass sich alle Entführer problemlos festnehmen ließen. Es sei zu keinem Schusswechsel gekommen. Demnach gab es auch keine Verletzten. Von den Gangstern ging erst einmal keine Gefahr mehr aus, die saßen nun hinter Gittern und wir waren beruhigt.

Anschließend brachte uns die weiße Stretch-Limousine wieder zurück in unser Hotel. Doch diesmal mit geschlossenem Verdeck und über diverse Nebenstraßen.

Um sieben Uhr abends trafen wir vor dem Haupteingang zum Hotel *Bellagio* Jasmin und Marie wieder. Im Inneren des Hotels entdeckten wir ein kleines, gemütliches Restaurant, wo wir uns, ungestört von dem ganzen Trubel innerhalb und außerhalb des Hotels, unterhalten konnten.

Nachdem uns von einem Kellner ein Tisch zugewiesen wurde und Bill gleich zwei Flaschen Champagner bestellt und unsere Gläser damit gefüllt hatte, meinte er, während er sein volles Glas erhob: »Ich schlage vor, wir stoßen jetzt gemeinsam auf unsere wunderschöne Hochzeit an.

Ich freue mich, dass dieser wichtige und schöne Tag in meinem Leben noch so erfreulich verlaufen ist.

Vielen Dank auch an Jasmin und Marie, dass Ihr die weite Reise zu unserer Hochzeit gewagt habt und hierher nach Las Vegas gekommen seid. Ihr habt uns damit eine ganz besondere Freude bereitet.

Lasst uns nun gemeinsam unser Glas erheben auf meine Frau Luzi und mich. Prost!«

Jasmin und Marie erzählten uns zunächst, wie sie nach Las Vegas gekommen sind. Jasmin zum Beispiel ist mit ihrem Auto nur bis Mailand gefahren. Ihr Auto ließ sie auf einem sicheren Parkplatz stehen. Von dort aus flog sie mit einem Zwischenstopp nach Las Vegas, wo sie sich am Sonntagabend mit Marie traf.

Marie ist uns zwei Tage nach unserer Abreise nach San Francisco nachgereist und traf ebenfalls am Sonntag in der »Stadt der Sünde« ein. Sie wohnte im selben Hotel, wie ihre Mutter. Das hatten sie sich so ausgemacht.

Marie hatte die vergangene Nacht kaum geschlafen, so überwältigt war sie von den vielen schrillen Eindrücken am Strip, die sie zusammen mit ihrer Mutter zum ersten Mal in ihrem Leben genießen konnte.

Von Luzis Entführung hatten sie nichts mitbekommen, erst am Tag der Hochzeit, nach Luzis Freilassung, wurde in einigen Medien kurz davon berichtet. Jasmin und Marie erfuhren es während der Fahrt zur Kapelle vom Taxifahrer.

Wie die Beiden mir später berichteten, war es nicht so einfach in dieser kurzen Zeit Flugtickets nach Amerika zu bekommen. Marie musste sogar zweimal zwischenlanden.

»Wann fliegt Ihr wieder zurück, nach Deutschland?«, fragte ich neugierig.

»Wir bleiben noch drei volle Tage hier in Las Vegas und werden uns etwas in der Umgebung und in der Stadt umschauen«, antwortete Jasmin. »Morgen steht das *Valley of Fire* auf dem Plan.«

»Was sagst du da gerade? Das trifft sich ja hervorragend. Zu diesem State Park wollen wir morgen auch einen Ausflug machen. Fahren wir doch gemeinsam dahin. In unserem Jeep ist noch genug Platz«, schlug Bill vor.

»Prima Idee«, freute sich Jasmin. »Das passt ja ausgezeichnet. Dann brauchen wir uns keinen Mietwagen nehmen.«

»Oh ja, Mom. Das wird sicher fresh[4]«, freute sich Marie. »Da sind wir nicht so alleine und brauchen auch nicht selbst fahren. Hier ist ja ein mega Verkehr auf den Straßen.«

»Alleine werdet Ihr im *Valley of Fire* sicher nicht sein«, ergänzte ich. Schließlich hatten wir

---

[4] cool

84

im Vorjahr bereits mehrere Nationalparks besucht und wussten, dass sie meist von Touristen überlaufen waren. »Ich freue mich. Gemeinsam mit Euch beiden macht es natürlich viel mehr Spaß.«

»Übermorgen wollen wir noch zum berühmten *Grand Canyon*«, erzählte uns Jasmin, »vielleicht auch noch zum Hoover Staudamm. Da wart Ihr ja bereits, zumindest am *Grand Canyon*.

Und in drei Tagen haben wir vor, Las Vegas unsicher zu machen und natürlich ausgiebig shoppen zu gehen. Manche Dinge soll man ja hier günstiger als bei uns in Deutschland bekommen.

Vielleicht können wir in einem der vielen Hotels zum Abschied noch eine Show besuchen, ansonsten werden wir in unserem Pool chillen«, meinte Jasmin. »Mal sehen, was uns das Internet anbietet und ob wir überhaupt noch Karten zu einer Veranstaltung bekommen. Wir haben gelesen, dass es hier auch einige Gratisshows geben soll.«

»Mom, poolen[5] ist doch wack[6]. Das können wir auch zuhause.

---

[5] baden
[6] langweilig

Was mir Jasmin und Marie jedoch verschwiegen hatten, war eine geheime Abmachung mit Bill. Auch Luzi wusste nichts davon. Das war vielleicht besser so. Sie hätte es sicher nicht lange geheim halten können.

»Mom, ich glaube, die Beiden wissen noch nichts von unserem Plan«, meinte Marie.

»Woher sollten sie auch. Ich habe ihnen nichts davon erzählt. Du etwa?«, fragte Jasmin ihre Tochter.

»Ich auch nicht. Vielleicht hätten wir es ihnen sagen sollen. Sie werden aus allen Wolken fallen. Ob sie es gut verkraften werden?«

»Mach dir keine Gedanken, Marie. Es wird eine große Überraschung für sie werden und sie werden sich sicher sehr freuen.

Na, klar werden sie es verkraften. Genau, wie sie den heutigen Tag und die vielen Abenteuer zuvor verkraftet haben. Sie sind ja schließlich noch keine Neunzig.«

»Okay, Mom, ich freue mich schon darauf, was sie wohl für Gesichter machen werden. Ich bin ja so gespannt.«

»Wie findest du eigentlich Bill?«, fragte Jasmin ihre Tochter.

»Ein wenig angedickt[7], aber sonst scheint er ziemlich brainy[8] und ein guter Bratan[9] zu sein. Einen coolen Babawagen[10] fährt er.«

»Und nun das Ganze noch einmal in Deutsch, Marie. Ich habe wieder mal nur Bahnhof verstanden.«

»Was bedeutet *Bahnhof*?«

Um welche Abmachung es sich handelte, von der ich anfangs berichtete, erfahren Sie ein paar Seiten später. Seien Sie schon mal neugierig.

In Las Vegas muss man für gute Veranstaltungen nicht unbedingt viel Geld ausgeben. Es gibt sogar mehrere Gratisshows, wie die Open-Air-Inszenierungen mit aufregenden Spezialeffekten *Sirens of 77* im *Treasure Island*, der Vulkanausbruch vor dem *Mirage*, die tanzenden Brunnen am *Bellagio* oder die singenden Gondolieri bei ihren Gondelfahrten im *Venetian*.

Die meisten Veranstaltungen finden in den großen Hotels am Strip, in kleinen Lounges bis zu Sälen mit rund 1.000 Sitzplätzen statt. Be-

---

[7] leicht übergewichtig
[8] schlau
[9] Kumpel
[10] teures Auto

sonders beliebt sind die neuen Superproduktionen mit spektakulären Effekten und modernster Lichttechnik.

Außerdem gibt es überall in Las Vegas auch Comedy und Magier-Shows. Unter diesen vielen Angeboten werden Jasmin und Marie sicher das Passende finden.

Man braucht jedoch in Las Vegas nicht unbedingt zu einer Show gehen. Alleine schon das Flair auf dem Strip und in, an und um den Hotels ist sehenswert, wie zum Beispiel bei den Hotels *Bellagio*, *Venetian* und *Treasure Island.*

Man glaubt es kaum, aber in den Jahren 1981 und 1982 fand auf dem Parkplatz des Hotels *Cäsars Palace* jeweils ein Grand Prix im Rahmen von Formal Eins statt. In den Jahren 1983 und 1984 wurde die Veranstaltung von CART (Championship Auto Racing Teams) übernommen.

Die Strecke war 3,65 Kilometer lang. Die Fahrer mussten entgegen des Uhrzeigersinns fahren.

Ende März 2022 wurde bekannt, dass ab dem Jahr 2023 Formel 1 wieder in Las Vegas, auf dem Parkplatz des Hotels Cäsars Palace, stattfinden wird. Die Strecke soll sogar noch etwas länger sein.

Die Umgebung von Las Vegas erkunden

Am Dienstag, den 01. August, unternahmen wir, zusammen mit Jasmin und Marie, einen Abstecher in das *Valey of Fire*; Nevadas ältesten und größten State Park. Diesen Park wollten wir eigentlich bereits ein Jahr zuvor besuchen, doch damals zogen wir das *Grand Canyon* vor, weil es nun mal das bekanntere Highlight in der näheren Umgebung von Las Vegas ist. Bill kannte das *Valley of Fire* auch noch nicht, sodass es für uns alle Neuland war.

Das Wichtigste bei einem Besuch dieses Nationalparks ist, dass man genügend Trinkwasser bei sich hat, mindestens zwei bis drei Liter pro Person sollten es mindestens sein. Im Sommer sind regelmäßige Temperaturen von weit über 40 Grad Celsius keine Seltenheit.

Wasser hatten wir ausreichend, nahezu der gesamt Kofferraum war voll damit. Dafür hatte Bill bereits in San Francisco gesorgt. Vorteilhaft sind meiner Erfahrung nach die 24er-Flaschen-Packungen zu je einem halben Liter. Sie sind nicht zu groß und lassen sich besser verstauen.

So viele Flaschen passten jedoch nicht in Bills Kühltasche hinein, denn auch das Crash-Eis nahm viel Platz ein. Immer wenn wir eine gekühlte Flasche aus der Kühltasche genommen hatten, füllten wir sie mit einer ungekühlten wieder auf.

Bill sah es nicht gern, wenn wir die leeren Flaschen einfach in entsprechende Behälter für Plastikabfall entsorgten. Aber das Zurückbringen von Pfandflaschen ist in Amerika etwas komplizierter als zum Beispiel in Deutschland, wo das Pfandsystem staatlich geregelt ist. Es gibt zwar in den USA in vielen Staaten, unter anderem in Kalifornien, auf die Halbliterflaschen 5 Cent Pfand, doch das Pfandsystem ist in privaten Händen und Rückgabeautomaten eher selten. Wenn die Automaten voll sind, dann hat man eben Pech. Das ist auch der Grund, warum noch so viele Flaschen im Müll landen. Auf 5 Cent kann man eher verzichten, als auf 25 Cent in Deutschland.

Das *Valley of Fire* liegt etwa 90 Kilometer nordöstlich von Las Vegas und ist über die Interstate 15 bequem zu erreichen. Am Exit 75 geht es nach links auf die Straße Nummer 169, den Valley of Fire Highway. Nach etwa 30 Kilometern sieht man schon die pittoresken Gesteinsformationen, die das Sonnenlicht rot reflektieren. Wenn man vom Flugzeug auf das

Valley schaut, sieht es aus, als ob es brennen würde, daher auch der Name. Die aztekischen Sandsteinformationen waren übrigens vor rund 150 Millionen Jahren riesige Wanderdünen.

Nachdem wir das Visitor Center am Osteingang passiert und eine Gebühr von zehn Dollar für unser Auto entrichtet hatten, befanden wir uns quasi schon mittendrin. Das *Valley of Fire* ist in den letzten Jahren zu einem beliebten Ausflugsziel der Las-Vegas-Touristen geworden, was man unschwer an der Anzahl der Besucher ausmachen konnte.

»So etwas Schönes habe ich noch nie gesehen«, schwärmte Luzi von den roten Felsen, die sich immer wieder in verschiedenen Formen zeigten.

»Wollen wir aussteigen und ein paar Fotos machen?«, fragte uns Bill.

»Ja, gern«, freute sich Luzi und ich schlug eindringlich vor: »Aber erst trinken wir etwas. Am besten, trägt jeder immer mindestens eine Flasche Wasser bei sich. Durch diese enorme Hitze kann man schnell Kreislaufprobleme bekommen oder austrocknen.«

Wir stiegen aus und schauten uns die Felsformationen etwas genauer an. Jedes Mal, wenn wir Bills Auto verließen, bekamen wir fast einen Hitzschlag. Der Unterschied vom klimatisierten Auto zur trockenen Wüste war enorm. Deshalb versuchten wir unsere Aufenthalte so kurz, wie möglich zu halten. Das war jedoch nicht immer möglich, wie etwa bei der *Fire Wave*, auf die ich später noch etwas ausführlicher eingehen werde.

Jasmin und Marie machten anscheinend diese enorme Hitze nicht so viel aus. Vielleich waren sie die hohen Temperaturen von Australien her gewöhnt. Sie waren dermaßen begeistert von dieser einmaligen Landschaft, dass sie mit ihren Handys ein Foto nach dem anderen schossen.

»Schaut doch mal hier! Die Felsen sehen ja aus, wie Bienenkörbe«, stellte Jasmin erstaunt fest.

»Die heißen ja auch so, man nennt diese Formation *Beehives*«, ergänzte Bill Jasmin. »Das habe ich hier auf dieser Tafel gelesen. Wenn man etwas genauer hinschaut, sieht man es tatsächlich sehr deutlich an dem markanten Wabenmuster.«

Trotz der Hitze bemühten wir uns, die wichtigsten Sehenswürdigkeiten anzufahren. So waren wir unter anderem beim *Elephant Rock*, einer Felsformation, die einem Elefanten ähnelt.

Man sieht sie nicht sofort von der Straße aus, sondern man muss ein kleines Stück den Arrowhead Trail entlanggehen.

Eines der bekanntesten Sehenswürdigkeiten ist mittlerweile auch die *Fire Wave*, eine rotweiß gestreifte Formation, die wie eine Welle aussieht. Dieses Highlight wollten wir uns unbedingt anschauen, auch wenn der Weg vom Parkplatz bis dahin in der prallen Sonne etwas länger gedauert hatte.

Luzi zog es diesmal vor, im Auto sitzen zu bleiben, das heißt, am Parkplatz zu warten. Marie leistete ihr dabei Gesellschaft. Ihr machte die Hitze mittlerweile auch etwas zu schaffen. Außerdem hatte sie Angst davor, dass ihrer Oma wieder etwas zustoßen könnte. Ich fand Maries Entscheidung großartig.

»Omi, wir beide halten hier die Stellung. Im Auto sitzen ist vielleicht auch nicht die beste Lösung. Komm, setzen wir uns da drüben in das kleine Häuschen. Da haben wir wenigstens etwas Schatten und ein kleines Lüftchen weht auch.«

»Wieso willst du mit den beiden nicht mitgehen? Bist du etwa schwanger?«, fragte Luzi besorgt. Marie antwortete mit den Worten ihrer Oma, ob gewollt oder ungewollt weiß ich nicht.

»Ach was. Omi, ich bin nicht schwanger. Ich möchte einfach, dass dir nicht noch einmal solch ein Verbrechen passiert. Sowas kann auch mal blöd ausgehen. Kannst du mich verstehen? Ich habe nur diese eine Oma in Deutschland und die möchte ich auch behalten. «

»Das ist aber lieb von dir«, freute sich Luzi und drückte ihre Enkelin ganz fest. »Nach diesem Vorfall in Las Vegas wissen es jetzt auch die letzten Ganoven, dass mit einer Luzi Müller nicht gut ‚Kirschenessen' ist.«

»Ach, Omi, du bist einfach unverbesserlich. Schön, dass es dich gibt.«

Vom Parkplatz Nummer 3 an der Mouse's Tank Road waren es etwa 1.200 Meter bis zur *Fire Wave*. Der Ausgangspunkt befindet sich direkt gegenüber vom Parkplatz.

Es gibt klare Wegmarkierungen, sodass man sich eigentlich gar nicht verlaufen kann. Der Höhenunterschied beträgt etwa 70 Meter. In dieser Hitze ist das schon eine anstrengende und lange Strecke. An vielen Orten waren Warnschilder aufgestellt, auf denen daran erinnert wird, immer genügend Trinkwasser mitzuführen.

Wer derartige Anstrengungen nicht gewohnt ist oder unter Herz-Kreislauf-Erkrankungen leidet, sollte lieber auf die Wanderung zur *Fire Wave* verzichten. Denken Sie stets daran, dass im Ernstfall ein Krankenwagen länger zu Ihnen braucht, als beispielsweise in der großen Stadt Las Vegas.

Somit machte ich mich nur mit Bill und Jasmin auf den Weg, der ausschließlich in brütender Sonne verlief. Der Sand ist anfangs sehr seidig, sodass das Laufen etwas erschwert wird.

Doch die Strapazen hatten sich gelohnt. Belohnt wurden wir mit einem atemberaubenden Anblick. Die Felsen wirbeln und drehen sich mit farbigen Streifen, die von gelb, orange, weiß und rot reichen. In Natura sah die sogenannte Welle noch viel besser aus, als auf Fotos von manchen Reiseführern.

Von der *Fire Wave* hatten wir außerdem einen wunderbaren weiten Blick auf die bunte Pastellschlucht.

Nach einer reichlichen Stunde kehrten wir wieder zum Parkplatz zurück, wo uns Marie und Luzi bereits sehnsüchtig erwarteten.

»Ist das eine Affenhitze hier. Das hält man ja kaum aus. Los, alle schnell rein ins Auto und die Klimaanlage einschalten! Und vergesst das Trinken nicht«, mahnte ich.

Weitere Sehenswürdigkeiten im Valley of Fire sind der Fels *The Mask*, das *Rainbow Vista*, durch das die Scenic Road führt, der *White Domes Trail* am Ende der Mouse Tank Road, die sieben Felsen mit dem Namen *Seven Sisters*, der *Atlatl Rock* mit vielen indianischen Felszeichnungen, den Petroglyphen, der *Arch Rock*, das *Fire Canyon* und das *Pink Canyon* als Teil des *Kaolin Wash*.

Man kann das *Valley of Fire* in zwei Stunden besichtigen und sich dabei auf die wichtigsten Punkte konzentrieren. Besser ist es jedoch, sich mindestens fünf oder sechs Stunden Zeit zu nehmen, aber nur, wenn man ausreichend Trinkwasser dabei hat. Es gibt sogar einen kleinen Imbiss im State Park, wo man Getränke und leckere Sandwiches kaufen kann.

Nach über Stunden im *Valley of Fire* hatten wir genug von der brütenden Hitze. Wenn es nicht so heiß gewesen wäre, wären wir gern noch etwas länger geblieben, denn solch ein einmaliges Naturerlebnis bekommt man nicht alle Tage zu sehen. Den Kopf voller unvergesslicher Eindrücke machten wir uns wieder auf den Rückweg.

Nachdem wir wieder in Las Vegas waren, trennten wir uns von Jasmin und Marie.

»Jasmin, Marie, vielen Dank, dass Ihr nach Las Vegas gekommen seid. Ihr habt uns damit eine große Freude bereitet. Wir wünschen Euch noch ein paar schöne Tage und einen guten Rückflug.

Wir reisen ja morgen wieder ab aus Las Vegas. Wohin es geht, hat uns Bill leider noch nicht verraten. Heute Abend werden wir noch ein wenig durch die Hotels bummeln und das Flair genießen. Das war wahrscheinlich unser letzter Besuch hier. Wir werden sicher nicht mehr hierher nach Las Vegas kommen«, sagte ich etwas traurig zu Jasmin und Marie.

»Josie, Oma, für uns war es eine Selbstverständlichkeit, Gäste der Hochzeit von Oma und Bill zu sein«, sagte Marie. »Auch für mich war es ein Höhepunkt in meinem Leben.«

Wir drückten uns noch einmal ganz fest, dann verschwanden Jasmin und Marie im Getümmel der unzähligen Touristen irgendwo auf dem Strip.

Obwohl ich mit Luzi im letzten Jahr schon einmal in Las Vegas war und wir bereits die wichtigsten und schönsten Hotelhallen besichtigt hatten, macht es immer wieder Spaß, die Hotels zu besuchen, die doch alle etwas unterschiedlich sind. Bei jedem Besuch entdeckt man stets etwas Neues. Vor allem sorgen die klimatisierten Hallen im Inneren für ein angenehmes Wohlbefinden.

Etwas lästig ist, dass die Wege zu den Shops immer durch die Casinos führen. Man kommt sich vor, wie in einem Irrgarten, als ob man immer im Kreis gehen würde. Daran gewöhnt man sich aber schnell. Am besten man merkt sich anhand von markanten Punkten, welchen Weg man genommen hat, um hineinzukommen und geht denselben Weg wieder hinaus. Getreu dem Motto: »Come in and find out.«

Als wir am Hotel *Bellagio* vorbeikamen, spielten sie, wie schon im letzten Jahr als wir Las Vegas besuchten, den Song »Time to Say Goodbye« von Sarah Brightman & Andrea Bocelli. Das passte sehr gut zu unserem Abschied von der »Stadt der Sünde«. Schön war es dort, auch wenn vieles kitschig und übertrieben ist. Aber davon lebt die Stadt nun mal und das wollen auch die vielen Touristen sehen, die jährlich millionenfach diese Stadt besuchen und erleben.

Bevor ich dieses Kapitel von unserem Aufenthalt in Las Vegas beende, möchte ich nicht vergessen, auf das furchtbare Verbrechen hinzuweisen, welches etwa zwei Monate nach unserer Abreise, also im Oktober 2017, hier vorgefallen ist.

Das Attentat passierte während des Country-Musik-Festivals *91 Harvest*. Ein 64-jähriger Mann, offenbar ein Multimillionär, schoss aus einem Fenster des Hotels *Mandalay Bay* auf die Besucher. Dabei wurden 58 Menschen getötet und 869 verletzt. Es war die höchste Opferzahl eines Einzeltäters in der Geschichte der Vereinigten Staaten.

Es ist einfach nur furchtbar, wie ein Mensch solch eine Tat vollbringen kann und fast 60 Menschen einfach so erschießen kann. Man sollte unbedingt das Waffengesetz in den USA überdenken.

Wenn wir an diesem Tag in Las Vegas gewesen wären, hätten wir mit Sicherheit auch zu den zahlreichen Besuchers des Festivals gehört. Schon alleine deshalb, weil Luzi und Bill große Country-Fans sind.

Ab nach San Diego

Am Mittwoch, den 02. August, nahmen wir schon wieder Abschied von Las Vegas. Wohin es genau ging, wussten wir anfangs noch nicht. Bill erzählte uns nur, dass San Diego nur ein Zwischenziel sei. Weitere Einzelheiten waren sein großes Geheimnis. Nur so viel: Nach einer ausgiebigen Stadtrundfahrt am darauffolgenden Tag, würde am 04. August eine große Überraschung auf uns warten, so meinte er.

Für die 530 Kilometer von Las Vegas bis nach San Diego benötigten wir fast sieben Stunden. Die gesamte Zeit fuhren wir auf der Interstate 15. Die Hälfte der Strecke, etwa bis kurz vor San Bernadino, ging es wieder nur durch die heiße und trockene Wüste Kaliforniens.

»San Bernadino, gab es da nicht mal einen Song?«, fragte Luzi, als sie ein Schild neben dem Highway sah.

»Na klar, Luzi, ich erinnere mich«, antwortete ihr Bill. »Die Band hieß *Christie* und kam aus Großbritannien. Sie hatten zwei große Hits, der eine war ‚Yellow River‘ und der andere eben ‚San Bernadino‘. Ich kann sogar noch etwas den Text des erst genannten Songs. Wir haben ihn in meiner Jugend oft am Lagerfeuer gespielt und gesungen. Leider hat sich die Band Mitte der siebziger Jahre aufgelöst.«

I've been all around this great big world
To Paris and Rome
And I've never found a place that I could
Really call my own.
But there'se one place where I know
The sun is shining endlessly
And it's calling me across the sea
So I must get back to SAN BERNADINO.

»Das waren noch Zeiten. Da gab es noch richtige handgemachte Musik«, schwärmte ich. Den Song ‚Yellow River' kenne ich natürlich auch. Immer, wenn ich ihn damals hörte, hatte ich mir vorgestellt, was das wohl für ein gelber Fluss sein könnte. Bis ich später einmal in einer Quiz-Sendung im Fernsehen erfuhr, dass es sich um den Gelben Fluss in China handeln könnte. Er ist etwa 5.500 Kilometer lang und nach dem Jangtse-Fluss der zweitgrößte in China.

Andere Interpretationen besagen wiederum, es handele sich um einen Soldaten, der während des Vietnamkrieges das US-Militär am Ende seiner Wehrpflicht verlässt.

Wie es auch sei, mir hat der Song damals gut gefallen und man konnte auch gut danach Disco-Fox tanzen.«

»Du kennst dich aber gut aus, Josie«, lobte mich Bill.

»Na klar, schließlich war ich als Teeny ein richtiges Hippiemädchen, mit allem, was dazu gehörte. Meist trug ich Batikröcke und T-Shirts zu meinen langen Haaren, die meist von einem Stirnband gehalten wurden.

Als ich ein Teeny war wurde im Radio nur zu besonderen Zeiten Musik nach meinem Geschmack gespielt. Meist warteten wir dann gespannt vor dem Radio auf die legendäre Hitparade von Radio Luxemburg. Damals war Frank Elstner noch Sprecher, oder wir hörten Bayern 3 mit Thomas Gottschalk als Moderator. Gern erinnere ich mich auch noch an den legendären Beat-Club mit Uschi Nerke. Samstagnachmittag kam der immer.

Wir kannten zu dieser Zeit nahezu alle Gruppen und deren Titel. Damals konnte man die Gruppen noch ganz genau unterscheiden. Gleich nach den ersten Tönen wusste man meist schon, um welche Gruppe und welchen

Titel es sich handelte. Nicht, wie heute, wo fast alle Songs gleich klingen. Es gibt zwar auch Ausnahmen, aber die sind eher selten.«

»Da gebe ich dir recht, Josie«, stimmte Bill mir zu.

»Jede Zeit hat ihre eigene Musik und jede Generation auch«, ergänzte ich meine Behauptung. »In meiner Jugend, so Ende der sechziger Jahre, gab es bei uns in Deutschland zwei Lager. Entweder man war Fan der *Beatles* oder der *Rolling Stones*.«

»Zu welcher Fraktion hast *du* gehört?«, fragte mich Bill. »Ich schätze zur *Beatles*-Fraktion.«

»Da irrst du dich gewaltig. Ich war ein großer Fan der *Rolling Stones*. Das heißt, ich bin es heute immer noch. Die *Beatles* haben mir zwar auch gefallen, aber die waren mir irgendwie zu brav.«

»Oh, das hätte ich nicht vermutet. Ich war und bin auch ein großer *Rolling-Stones*-Fan. Welche Songs gefallen dir am besten?«

»Eigentlich fast alle. Obwohl mir die Songs vor 1984 am besten gefallen. Ich denke da an ,Satisfaction', ,Brown Sugar', ,Honky Tonk Women' oder ,Sympathy for the Devil'.

Aber nicht nur die Stones gefielen mir, auch die Gruppen *Deep Purple, Black Sabbath, Led Zeppelin* oder *Uriah Heep*.«

»Hast du damals auch gekifft?«, fragte mich Bill sehr direkt.

»Wer hat das damals nicht? Aber mir hat das nichts gegeben. Ich habe es zwei- oder dreimal versucht und dann nie wieder. Ich wollte diese, ich sage mal, Mode-Erscheinung nicht mitmachen.«

»Das war vielleicht auch besser so. Etliche sind nie wieder davon losgekommen. - Seht ihr, da vorn sieht man bereits die Skyline von San Diego«, zeigte uns Bill mit seiner rechten Hand. »Wir haben gleich unser Ziel für heute erreicht.«

»Das sieht ja fantastisch aus, wie die Stadt so in der Bucht liegt«, staunte Luzi.

»Den besten Blick hat man jedoch von der Halbinsel Coronado«, erklärte uns Bill. »Die werden wir morgen während der Stadtrundfahrt besuchen.«

»Oh, cool«, freute ich mich. Warum, erfahren Sie im nächsten Kapitel.

Und Luzi ergänzte: »So schön hätte ich mir San Diego gar nicht vorgestellt. Wie man sich doch täuschen kann.«

»Das freut mich. Wisst ihr eigentlich, dass San Diego nach Los Angeles die zweitgrößte Stadt Kaliforniens ist?«, fragte uns Bill. »Mit fast 1,4 Millionen Einwohnern ist sie in der Tat noch ein ganzes Stück größer, als San Francisco. Darauf bin ich sogar etwas neidisch.

San Diego gehört übrigens zu den modernsten Städten der USA. Darüber könnt Ihr Euch bald selbst einen Eindruck verschaffen. Wegen seines angenehmen Klimas wird San Diego auch ‚Americas Finest City' genannt. Hier hätte ich auch gern gewohnt. Wegen der Arbeit hatte ich mich damals jedoch für San Francisco entschieden.«

»Ach was, Bill. Man kann nicht alles haben«, tröstete ihn Luzi. »Du hast so ein tolles Haus in San Francisco und bald wirst du in der schönsten Stadt der Welt zuhause sein.«

Bill lachte laut. »Das stimmt natürlich, Luzi. Da freue ich mich schon drauf.«

Dieses Mal hatte sich Bill ja um alles gekümmert. Als wir im Hotel *Paradise Point Resort & Spa* ankamen, trauten wir unseren Augen nicht. Das Hotel liegt auf einer Privatinsel in der Mission Bay und verfügt über fünf Pools und einen tropischen Garten. Jedes Zimmer hat eine großzügige Terrasse und sogar ein Marmorbad.

»Bill, da hast du aber weder Kosten noch Mühen gescheut. Was für ein freshes[11] Hotel du ausgesucht hast, würde Luzis Enkelin sagen«, lobte ich Bill.

»Prima, dass es Euch gefällt. Ihr sollt es doch schön haben auf unserer Hochzeitsreise. Vielleicht kommen wir ja hier nie wieder hin. Den Hauptgrund, erzähle ich euch übermorgen.

Für heute Abend ist erst einmal ein Besuch in Downtown San Diego geplant. Dort werden wir in einem gemütlichen, mexikanischen Restaurant essen. Bis dahin haben wir noch etwas Zeit. Packt in aller Ruhe Eure Koffer aus. Danach können wir ja noch für eine Stunde die fünf Pools testen.«

Bills Worte machten mich etwas neugierig. Was meinte er wohl mit »Hauptgrund«? Fortan musste ich daran denken, doch ich kam zu keiner eindeutigen Lösung.

Als wir am Nachmittag die Poollandschaft des Hotels betraten, kam ich aus dem Staunen nicht mehr heraus. Eine derartige Hotelanlage habe ich in meinem ganzen Leben noch nicht gesehen. Für läppische 600 Dollar (ironisch ge-

---

[11] cool

meint) pro Nacht bekommt der Gast eine Menge geboten.

Auf der 44 Hektar großen Insel findet man, neben den 5 Pools außerdem noch üppige, tropische Gärten, paradiesische Lagunen, Lagerfeuerstellen am Strand, einen Yachthafen und einen eine Meile langen Sandstrand.

Einige kleine Makel hat das Hotel aber trotzdem: Erstens ist es relativ teuer, zweitens kostet der Parkplatz 38 Dollar extra und drittens ist die Insel nicht autofrei. Falls man ungünstig wohnt, ist es sehr störend, wenn ständig ein Auto an der eigenen Terrasse vorbeifährt und man die stinkenden Abgase abbekommt.

Am liebsten hätte ich den ganzen Tag an diesem wunderschönen Ort verbracht, aber wir wollten ja noch viel mehr von dem schönen San Diego sehen.

Am frühen Abend fuhren wir mit einem Taxi bis Downtown, also Old Town San Diego. Wie bereits von Bill erwähnt, ist das ganze Viertel sehr mexikanisch geprägt. Aber gerade wegen dieses Flairs waren wir dort und wollten es genießen.

Dutzende mexikanische Restaurants luden zum Essen ein und vor jedem Restaurant sahen wir eine mehr oder weniger lange Schlange von Touristen, die auf Einlass wartete. Jedes Lokal verströmte ihren eigenen Wohlgeruch nach leckerem Essen, sodass es dem hungrigen Gast schwer fiel, ein passendes Restaurant auszuwählen.

Luzi, Bill und ich entschieden uns letztendlich für das *Café Coyote*. Es befindet sich im *Old Town Esplanade Shopping Center* in der San Diego Avenue.

Die Auswahl an Speisen war sehr groß. Bill musste uns die, in Spanisch und Englisch geschriebene, Speisekarte erst einmal ins Deutsche übersetzen, damit wir uns eine Vorstellung von den vielfältigen Speisen machen konnten.

Nach langem Überlegen entschied ich mich für Hühnchen, genauer gesagt für Pollo a la Crema für 17,95 Dollar. Luzi und Bill bestellten sich Carne Asada Plate für 19,95 Dollar. Unter Letzterem versteht man dünne gegrillte Schweinefleischscheiben, die nach mexikanischer Art mariniert und mit Gurke, Chilischoten und Zwiebeln serviert werden. Dazu tranken wir mexikanischen, sonnengereiften Wein. Alles schmeckte sehr lecker und wir hatten wieder mal einen unvergesslichen und ereignisreichen Tag.

»Das mexikanische Essen ist einfach toll, stimmt`s Luzi? Wir gehen zuhause auch ab und zu unserem Mexikaner, der sich gleich um die Ecke befindet. Aber wenn man das mal original und an Ort und Stelle erlebt, ist das doch etwas ganz anderes. Obwohl Mexiko eigentlich noch zehn Kilometer entfernt ist«, sagte ich.

»Ich mag diesen lateinamerikanischen Einfluss in Kalifornien«, ergänzte mich Bill. »Schließlich war unser Bundesstaat früher einmal eine mexikanische Provinz. Erst 1850 wurde Kalifornien der 31. Staat der USA. Für über 25 Prozent der Einwohner Kaliforniens ist Spanisch immer noch die Muttersprache. Daran wird sich bestimmt auch in unmittelbarer Zukunft nichts ändern.«

Erst am späten Abend fuhren wir mit einem Taxi wieder zurück zu unserem paradiesischen Hotel auf der Privatinsel in der Mission Bay.

Obwohl es bereits kurz vor Mitternacht war, ließen wir es uns nicht nehmen der wunderschönen, raffiniert beleuchteten Poollandschaft noch einmal einen kurzen Besuch abzustatten und uns ein wenig zu erfrischen.

In der darauffolgenden Nacht schliefen wir wie die Murmeltiere.

Relaxen in San Diego

Für den 03. August hatte Bill eine Stadtrundfahrt durch San Diego geplant. Der zentrale Startpunkt an diesem Donnerstag war in Downtown, also in dem Viertel, in dem wir am Vortag in einem mexikanischen Restaurant so hervorragend und lecker gegessen hatten.

Unser erster Halt war das *Gaslamp Quarter*. Dieses, im viktorianischen Baustil erbaute, Stadtviertel bildet den historischen Stadtkern von San Diego und ist Mittelpunkt des Nachtlebens in der Stadt. Man findet dort neben einer Vielzahl von Einkaufsmöglichkeiten auch mehrere Restaurants, Hotels und Bars.

Ganz in der Nähe ist auch das *San Diego Convention Center* ansässig. Mit einer Ausstellungsfläche von 57.200 Quadratmetern Ausstellungsfläche ist es das wichtigste Kongresszentrum von San Diego.

»Ich komme immer wieder gern in diese Stadt und fühle mich sehr wohl hier. San Diego hat eine Menge zu bieten, nicht nur das Gaslampenviertel. Wenn ich mich nicht irre, bin ich heute das elfte Mal hier«, stellte Bill nach kurzem recherchieren fest.

»Oh, das ist ja eine Schnapszahl. Darauf sollten wir anstoßen«, schlug ich vor.

»Das ist eine gute Idee von dir, Josie. Aber erst, wenn ihr das nächste Highlight gesehen habt.«

»Aber nicht vergessen. Wir werden dich daran erinnern«, warnte ihn Luzi.

Mit dem Hop-On-Hop-Off-Bus fuhren wir weiter über die 3,5 Kilometer lange *Coronado-Bay-Bridge* zur Halbinsel Coronado. Der beliebte Ferienort Coronado liegt im San Diego County, unmittelbar gegenüber von der Innenstadt San Diegos. Mit etwa 25.000 Einwohnern ist Coronado eine separate Stadt und gehört nicht mehr unmittelbar zu San Diego.

Coronado ist nur durch eine sandige Landenge, einen sogenannten Tombolo, mit dem Festland verbunden. Bill hatte recht, von Coronado hatten wir eine fantastische Sicht auf die Skyline von San Diego.

Luzi und ich freuten uns ganz besonders auf den Besuch der Halbinsel Coronado. Ich hatte es ja im letzten Kapitel bereits angekündigt. Jetzt möchte ich Ihnen den Grund verraten. Einige von Ihnen, liebe Leser, werden es sicher schon ahnen.

»Luzi, jetzt können wir uns endlich das *Hotel del Coronado* aus dem Film ‚Manche mögen's heiß' anschauen. Du erinnerst dich, das war der Film mit Marilyn Monroe, Jack Lemmon und Tony Curtis.«

»Natürlich kenne ich den Film. Den habe ich bestimmt schon fünfzig Mal gesehen. Wenn Jack Lemon sagt: ‚Ich bin ein Mädchen, ich bin ein Mädchen' muss ich immer wieder herzlich lachen. Das ist für mich die wohl lustigste Szene im gesamten Film.«

»Der Film ist wirklich Kult«, ergänzte Bill. »Im Englischen heißt er ‚Some like it hot'. Der Höhepunkt ist sicher, wenn Marilyn Monroe das Lied ‚I Wanna Be Loved By You' singt; ein richtiger Ohrwurm. Das Hotel schauen wir uns jetzt mal genauer an. Vielleicht erkennt Ihr etwas aus dem Film wieder.«

Der Film »Manche mögen es heiß« wurde im Jahr 1959 gedreht und gilt mit sechs Oscar-Nominierungen als einer der größten Filme, die je produziert wurden. Das *American Film Institute* listet den Film sogar als beste amerikanische Komödie aller Zeiten.

Darin verkleiden sich zwei Musiker, gespielt von Jack Lemmon und Tony Curtis, als Frauen, namens Josephine und Daphne, um Mafia-

Gangstern zu entkommen. Was für ein Zufall, die Eine heißt ja fast genauso, wie ich.

»Manche mögen's heiß« ist auch einer der erfolgreichsten Filme mit Marylin Monroe als Schauspielerin. Was kaum einer weiß, Marylin Monroe war zu Zeiten der Dreharbeiten schwanger. Leider hatte sie später eine Fehlgeburt.

Eigentlich spielt der Film ja in Florida, aber gedreht wurde er im Jahr 1888 erbauten *Hotel del Coronado* auf eben jener gleichnamigen Halbinsel.

Das Hotel sieht heutzutage noch genau so aus, wie im Film. Obwohl man das nicht so genau sagen kann, denn der Film wurde in schwarz-weiß gedreht.

Besucher können das Hotel sowohl außen, als auch innen genau unter die Lupe nehmen, mal salopp ausgedrückt. Vermisst habe ich jedoch den legendären Lift, der einige Male im Film eine Rolle spielt. Den hat man sicher bereits ausgetauscht, oder wir haben ihn in dem riesigen Hotel nur nicht entdecken können. Ich habe mir kürzlich im Internet alte Fotos vom Inneren des Hotels angeschaut, dort war er zu sehen.

Sei es wie es sei. Jedenfalls hat uns Bill mit dem Besuch in San Diego und vor allem auf der Halbinsel Coronado eine sehr große Freude bereitet.

Nach der Stadtrundfahrt suchten wir abends erneut ein Restaurant in Old Town San Diego auf. Dieses Mal kehrten wir im *Old Town Mexican Café* ein, welches sich in unmittelbarer Nähe zum *Cafe Coyote* befindet. Die Speisen sahen genauso lecker aus, wie am Vortag und es roch auch ähnlich lecker.

Da ich bei unserem letzten Besuch in Old Town Hühnchen gegessen hatte, probierte ich diesmal die *Mexican Style Ribs*, während sich Luzi und Bill eine Portion *Old Town Pollo*, also Hühnchen teilten. Die Getränke dazu kosteten jeweils 3,50 Dollar.

»So, meine Mädels. Nun habe ich noch eine große Überraschung für Euch«, sagte Bill während wir uns mit großem Appetit über das leckere Essen hermachten.

»Eine Überraschung. Da bin ich aber gespannt«, meinte Luzi. »Was soll denn jetzt noch kommen?«

Seit Bills Äußerung am Tag zuvor, hatte ich mir fortwährend Gedanken gemacht und konnte mir eigentlich schon in etwa denken, was Bill vorhatte, aber ich lächelte nur und hörte ihm gespannt zu.

»Na sag schon, Bill! Wir können es doch kaum erwarten«, forderte ich ihn auf.

»Wir werden morgen nach Hawaii fliegen«, sagte er kurz und knapp.

Luzi machte große erstaunte Augen. Obwohl sie immer Witze mit Hawaii gemacht hat, hätte sie wohl überhaupt nicht mit dieser Ankündigung gerechnet.

»Was sagst du da, Bill? Ich krieg die Krise. Das ist ja der Wahnsinn, nach Hawaii. Als ob ich es geahnt hätte. Das ist ja wie ein Traum«, freute sich Luzi wie ein kleines Kind und ihre Augen strahlten. »Dass ich das auf meine alten Tage noch erlebe. Ich kann es gar nicht glauben. Josie kneife mich mal!«

»Tu nicht so!«, forderte ich Luzi auf. »Na klar fliegen wir nach Hawaii. Und jetzt beruhige dich wieder. Du bist ja wie ein kleines Mädchen, das zu Weihnachten eine Puppenstube geschenkt bekommen hat.«

»Ja, Luzi. Morgen neun Uhr geht der Flieger vom Flughafen in San Diego. Wir werden mit Hawaiian Airlines fliegen«, erklärte uns Bill den Plan für den nächsten Tag. »Der Zeitunterschied zwischen San Diego und Honolulu beträgt drei Stunden. Wir werden also gegen Mittag Ortszeit in Honolulu landen. Am Nachmittag haben wir dann noch genügend Zeit, um an den Strand von Waikiki zu gehen und abends noch ein wenig im Ort zu bummeln. Ich hoffe, Ihr seid damit einverstanden.«

Obwohl ich Bills Plan bereits ahnte, freute ich mich trotzdem riesig. Wann bekommt man schon einmal die Gelegenheit, nach Hawaii zu fliegen.

»Bill, du bist verrückt«, sagte ich. »Hawaii war immer schon ein Traumziel von mir. Bisher hat es leider noch nie geklappt. Du weißt, mein Mann hatte große Flugangst und für mich allein wäre eine derartige Reise nicht in Frage gekommen. Also ist es bis jetzt leider beim Traum geblieben. Umso mehr freue ich mich jetzt.«

»Prima. Dann wird ja jetzt für dich ein Traum wahr, Josie. Schön, dass mir die Überraschung gelungen ist. Lasst uns deshalb nach dem Essen gleich wieder ins Hotel fahren. Wir haben noch viel vorzubereiten.«

Die Vorbereitungen bestanden aber nur im Kofferpacken. Da es sich um einen Inlandsflug innerhalb der Vereinigten Staaten handelte, reichte unser Reisepass aus, um nach Hawaii zu kommen.

Nach dem Kofferpacken fanden wir noch genügend Zeit, um uns mit einem ausgiebigen Pool-Besuch von dem wunderschönen Hotel und gleichzeitig auch von San Diego zu verabschieden.

Flug nach Hawaii

Am Freitag, den 04. August, regnete es in San Diego am Morgen ziemlich stark. Das erste Mal, dass wir Regen in Amerika erlebten. Es war nur einer kurzer, aber intensiver, Schauer. Denn als unser Flieger gen Westen, in Richtung Hawaii, von der Startbahn abhob, schien von einem fast wolkenlosen Himmel schon wieder die Sonne.

Wir freuten uns sehr auf ein großes Abenteuer im »Aloha-Staat«, der seit 1959 der 50. Bundesstaat der USA ist. Man glaubt es kaum, aber zum Staat Hawaii mit seinen 1,4 Millionen Einwohnern gehören 137 Inseln. Die meisten von ihnen sind aber sehr winzig und unbewohnt.

Die acht größten Inseln sind Hawaii (Big Island und Orchideeninsel), Maui (Insel der Täler), Kahoolawe, die Privatinsel Lanai (Insel für Ruhesuchende), Molokai (freundliche Insel), Oahu (Sammelplatz), Kauai (Garteninsel) und Niihau. Von diesen acht Inseln besuchten wir nur Oahu und Maui. Ich benutze lieber mal noch die alte Schreibweise ohne die Apostrophe, sie liest und schreibt sich etwas einfacher.

Im Gegensatz zu den recht hohen Temperaturen in Kalifornien, war es im Flieger erneut recht kühl. Leider versäumte ich diesmal, etwas wärmere Kleidung anzuziehen. Eine Flugbegleiterin war jedoch so nett und brachte mir eine Decke, ich die ich mich etwas einkuscheln konnte. Immerhin dauerte der Flug bis Hawaii etwa fünf Stunden.

Ein Flugbegleiter kam mir sehr bekannt vor. Etwa eine halbe Stunde vor der Landung in Honolulu, übrigens der Geburtsstadt vom ehemaligen Präsidenten der USA Barack Obama, kam er zu uns an den Platz, brachte mir etwas Wasser und Tomatensaft zu trinken und sagte: »Passen Sie gut auf, die Wellen an den Stränden von Hawaii sind in den nächsten Tagen sehr hoch und gefährlich.«

Dann verschwand er in der Kabine und ich wusste auf einmal, woher ich den schwarzen Mann kannte. Natürlich, es war unser Schutzengel. Was hatte seine Warnung zu bedeuten? Wir waren ja nicht unbedingt zum Baden nach Hawaii unterwegs. Ich wollte es genauer wissen und fragte eine der Flugbegleiterinnen.

»Entschuldigen Sie, könnten Sie mir bitte Ihren Kollegen noch einmal zu mir schicken. Ich habe eine ganz spezielle Frage an ihn.«

»Es tut mir leid, aber auf diesem Flug gibt es nur Flugbegleiterinnen, Flugbegleiter sind diesmal nicht an Bord. Da müssen Sie sich getäuscht haben.«

Ich schaute die Frau mit großen Augen an und bedankte mich. Hatte ich das etwa alles nur geträumt, oder war es wieder solch eine von den merkwürdigen Begegnungen, welche wir bereits im letzten Jahr in Amerika hatten. Ich wollte Luzi und Bill fragen, doch sie schliefen beide und hatten von dem seltsamen Wiedersehen nichts mitbekommen.

Langsam beruhigte ich mich wieder und schaute aus dem Fenster. Von weitem konnte man bereits die Hawaii-Inseln erkennen. Bis zur Landung konnte es nicht mehr lange dauern.

Im Großen und Ganzen hatten wir einen guten Flug. Nur kurz vor Hawaii gab es ein paar kleinere Turbulenzen. Auf Hawaii ist es jedoch immer windig, sodass derartige Turbulenzen normal sind.

Während des Landeanfluges auf Honolulu, das übersetzt übrigens ‚geschützte Bucht‘ heißt, erklärte uns Bill einige wichtige Verhaltensregeln.

»Ich möchte Euch noch ein paar Empfehlungen mit auf den Weg geben, die Ihr auf Hawaii unbedingt beherzigen solltet. Hier begrüßen sich die Menschen nicht mit Händeschütteln, sondern mit einem Kuss auf die Wange und zur Begrüßung und zum Abschied sagt man ‚Aloha‘, das wohl am meisten verwendete Wort auf Hawaii.

Wenn Ihr von einem Einheimischen das Haus betreten solltet, denkt bitte daran, dass Ihr vorher Eure Schuhe auszieht.

Man sollte auch nicht mit leeren Händen zu Besuch kommen, sondern auf dem Weg dahin eine Vorspeise oder ein anderes Gericht kaufen.

Eine Frau, die hinter ihrem linken Ohr eine Blüte trägt, ist vergeben. Trägt sie die Blüte hinter ihrem rechten Ohr, ist sie noch frei. Aber das interessiert Euch sicher nicht so. Ihr seid ja beide schon vergeben. Stimmt's Luzi?«

»Aber sowas von und schon soooo lange. Woher weißt du das eigentlich alles, Bill? Warst du schon mal auf Hawaii?«, staunte Luzi.

»Nein. Im Gegensatz zu Euch konnte ich mich aber vorher ausgiebig informieren und auf die Reise vorbereiten. Schließlich möchte man ja nicht ins Fettnäpfchen treten und sich den landestypischen Bräuchen anpassen. Bei

Gelegenheit werde ich Euch noch mehr über die Gepflogenheiten auf Hawaii erzählen.

Noch etwas: Denkt bitte daran, den Zimmermädchen im Hotel 2 bis 5 Dollar pro Aufenthaltstag aufs Bett zu legen. Die sind auf das Trinkgeld der Gäste angewiesen, wie in vielen anderen Ländern auch.«

Wir hatten keine Probleme uns an die Gewohnheiten im »Aloha-Staat« anzupassen. Eine Poetin Hawaiis, Pilahi Paki, definierte Aloha so:

A ist akahai, Nächstenliebe
L ist lokahi, Einmütigkeit
O ist oluolu, Freundlichkeit
H ist haahaa, Demut
A ist ahonui, Geduld

Vom Flughafen in Honolulu mit dem Namen *Daniel K. Inouye International Airport* nahmen wir uns ein Taxi bis zum Hotel *Moana Surfrider A Westin Resort*, dem ältesten und unter Denkmalschutz stehenden Luxushotel in Waikiki. Inmitten moderner Hochhäuser verströmt es wunderschöne viktorianische Eleganz.

Im Voraus hatten wir im Internet recherchiert, dass man auf Oahu nicht unbedingt einen Mietwagen benötigt, da man nahezu alle

Sehenswürdigkeiten auf der Insel mit dem Bus erreichen kann. Dazu komme ich später noch. Daran hielten wir uns auch.

Nachdem wir eingecheckt und unsere Zimmer inspiziert hatten, machten wir uns gleich auf den Weg, um Waikiki zu erkunden. Schließlich wollten wir unsere knappe Zeit auf der Insel Oahu gut nutzen.

Die meisten Touristen wohnen sicher in den Hotels in der Kalakaua Avenue. Deshalb liegt es auch nahe, dort Bummeln zu gehen und auch den riesigen Banyan-Baum zu bewundern.

Der Mittelpunkt dieser Straße bildet eine schick sanierte Shoppingmall samt Saks-Fifth-Avenue-Kaufhaus. Man muss dort nicht unbedingt etwas kaufen, aber es anzuschauen lohnt sich auf jeden Fall.

Bill, der sich vorab intensiv mit Honolulu beschäftigt hatte, schlug vor, unseren Spaziergang in der Kapahulu Avenue, im Viertel der Einheimischen und nur etwa fünf Minuten von Waikiki entfernt, zu beginnen.

In diesem Stadtteil entdeckten wir eine Menge einzigartiger Geschäfte und viele Restaurants, die vor allem leckere einheimische Gerichte anboten, wie zum Beispiel das *Ono Ha-*

waiian Food. Von gehobenen Restaurants bis Fast Food, ob Sushi oder Gourmet-Burger, Japanisch, Chinesisch oder Thailändisch, in der Kapahulu Avenue blieben keine Wünsche offen.

Wir studierten sehr lange die Speisekarten der Restaurants. Schließlich entschieden wir uns für ein leichtes Mittagessen im *Rainbow Drive*.

»Jetzt mal Butter bei die Fische, Bill. Warum bist du in Wirklichkeit mit uns nach Hawaii geflogen? Nur, weil es hier so schön ist? Oder gibt es vielleicht noch einen anderen Grund für diese Reise? Normale Flitterwochen sind es ja für Euch nicht. Und so richtig alleine seid Ihr hier ja auch nicht, wenn ich immer in Eurer Nähe bin«, fragte ich Bill, nachdem wir mit dem Essen fertig waren.

Irgendwie hatte ich den Eindruck, dass sich Bill ertappt fühlte und, dass er uns etwas verschwieg. Was er uns vorenthalten wollte, konnte ich mir zu dieser Zeit nicht denken. Noch eine Überraschung konnte es nicht sein, denn Hawaii konnte er nicht toppen. Was führte Bill nur im Schilde? Seine Antwort auf meine Fragen war mehr oder weniger nichtssagend.

»Ich wollte Euch beiden zum Abschied von Amerika eine Freude bereiten und ein einmaliges Erlebnis bieten. Das ist einer der Gründe. Ohne Eure nette Bekanntschaft hätte ich Luzi nie kennengelernt.

So schnell werden wir hier sicher nicht mehr herkommen, wenn überhaupt. Lasst uns doch einfach die schöne Landschaft, die freundlichen Menschen und die wundervolle Zeit genießen.

Wir werden sicher noch das eine oder andere schöne Erlebnis auf Hawaii haben. Da bin ich mir ziemlich sicher. Vielleicht gibt es ja auch noch eine Überraschung. Wir werden es sehen. Für Überraschungen seid Ihr doch immer zu haben.

So und jetzt werde ich zahlen und wir schauen mal, was es hier noch so alles zu sehen gibt.«

Damit war das Gespräch beendet und meine Frage sollte damit beantwortet sein.

Am Ende eines anschließenden, ausgiebigen Bummels durch die Fußgängerzone erfrischten wir uns mit einem farbenfrohen Shave Ice von der *Waiola Bakery and Shave*. Shave Ice ist ein geraspeltes Wassereis, welches mit buntem, süßem Sirup übergossen wird. Manchmal wird es auch mit Sahne verfeinert. Diese Art von Erfrischung ist sicher nicht jedermanns Sache. Jedenfalls war sie kühl.

Nach dieser willkommenen Erfrischung in der Fußgängerzone liefen wir gemütlich die anderthalb Kilometer bis zur Promenade am Strand von Waikiki und genossen die Sonne. Weil am Pazifik immer ein kühles Lüftchen weht, ist es dort trotzdem sehr angenehm.

Der Strand von Waikiki ist zwar nicht sehr breit, aber durch die Kulisse des Diamond-Kraters im Hintergrund wird er unverwechselbar. Hinzu kommen unzählige Palmen und viele braun gebrannte Surfer.

Ins Wasser zu gehen trauten wir uns nicht. Die Wellen waren uns viel zu hoch. Die Bademeister gaben eine Warnung, insbesondere für Touristen, heraus. Der mysteriöse Flugbegleiter, der in Wirklichkeit unser Schutzengel war, hatte also wieder mal recht.

»So richtiges Badewetter ist das ja nicht. Die Wellen sind ziemlich hoch. Ins Wasser würde ich mich nicht trauen. Das wäre mir zu gefährlich«, warf ich so in die Runde von Luzi und Bill.

»Man muss hier nicht unbedingt baden gehen, um einen schönen Urlaub zu haben. Es gibt genügend andere Möglichkeiten«, meinte Bill.

»Ich habe Euch etwas verschwiegen, muss ich Euch gestehen«, kam ich nun endlich heraus mit der Sprache. »Im Flieger kam ein Flugbegleiter zu mir und warnte mich, auf Hawaii Baden zu gehen, wegen der hohen Wellen, die zurzeit hier herrschen.

Ihr habt das nicht mitbekommen, weil ihr geschlafen habt. Es war eindeutig unser Schutzengel, auch wenn die weiblichen Flugbegleiterinnen meinten, dass kein männlicher an Bord sei. Wir sollten uns diesen gut gemeinten Rat trotzdem zu Herzen nehmen.«

»Lass gut sein, Josie, seit meinem Erlebnis an der Cote Azur habe ich ein eher gespaltenes Verhältnis zum Baden in Ozeanen«, meinte Luzi. »Ich schaue lieber anderen zu, oder tummle mich nur im flachen Wasser, so wie die kleinen Kinder.«

»Manchmal benimmst du dich sogar, wie ein kleines Kind«, ergänzte ich Luzi etwas sarkastisch.

»Ach was.«

Die vielen Surfer, für die Hawaii das wahre Surf-Paradies ist, freuten sich umso mehr über die hohen Wellen. Schließlich wurde das Wellenreiten von Hawaiianern erfunden.

Und wer immer noch glaubt auf Hawaii gäbe es kein Bier, der wird unterhalb des Aloha Tower eines besseren belehrt. In *Gordon Biersch Brewery* am Pier 9 wird täglich selbst gebrautes Bier und Fisch serviert. Abends gibt es dort oft auch Livemusik.

Eine noch größere Bierauswahl bietet das beliebte Partylokal *The Yard House* an der Flaniermeile Beachwalk.

Wer es noch etwas exklusiver möchte, der geht zu *Chef Mavro* in der S. King Street. Chefkoch George verwendet ausschließlich Bioprodukte. Ein Highlight ist bei ihm der in Salzkruste gebackene Fisch.

Diese wertvollen Tipps bekamen wir von anderen Gästen unseres Hotels.

Am Abend besuchten Luzi, Bill und ich an der Strandpromenade am Kuhio Beach im Hotel *Moana Surfrider* eine typisch hawaiianische Hula-Tanzvorführung. Natürlich konnten wir auch auf Hawaii keinen Schritt unternehmen, ohne gleich als Luzi und Josie aus Germany erkannt zu werden.

Der Moderator der Hula-Show musste einen Hinweis vom Einlassdienst bekommen haben, denn als er sich an das Publikum wandte, um zwei Frauen zum Mitmachen auszuwählen, kam er direkt auf Luzi und mich zu.

»Bill, ich glaube, der Typ da hat es auf uns abgesehen. Hilfe, was will der von uns?«, fragte ich etwas ängstlich.

»Bleib' ganz ruhig, Josie! Ich glaube, ich weiß, was der von Euch beiden will.«

Am liebsten wären Luzi und ich im Erdboden verschwunden, aber das ging ja nun mal nicht, da mussten wir, als mittlerweile prominente Persönlichkeiten, durch.

Nachdem uns der Moderator am Tisch sehr freundlich begrüßt hatte, sagte er: »Liebe Gäste im *Moana Surfrider*. Wir freuen uns, Sie an diesem Abend auf das herzlichste begrüßen zu können. Heute haben wir zwei ganz besondere Gäste und wir sind sehr stolz darauf. Es sind Luzi und Josie aus Germany.« Sofort gab es tosenden Beifall vom anwesenden Publikum. »Ich glaube, es gibt keinen unter Ihnen, der die Beiden nicht kennt. Mittlerweile sind sie in ganz Amerika bekannt, wie zwei bunte Hunde, sogar auf unseren, etwas entlegenen, Hawaii-Inseln.

Wir, das Volk von Hawaii und unsere Gäste möchten uns auf eine ganz besondere Art und Weise bei den Beiden bedanken.

Ich möchte Sie, liebe Luzi und liebe Josie, bitten, mit mir nach vorn auf die Bühne zu gehen.«

In diesem Moment wussten wir noch nicht, was da auf uns zukam und wir waren frohen Mutes, denn wir hatten keine andere Wahl. Kneifen wollten wir auf keinen Fall.

Der Moderator richtete sich an das Publikum: »Wir machen jetzt eine kleine Pause und danach geht unser Vorführung weiter«, erklärte er den Anwesenden.

Wir wurden gebeten hinter die Bühne zu kommen. Luzi ging sogar fröhlich tänzelnd mit dem Moderator mit.

In der Zwischenzeit führten mehrere Künstlerinnen und Künstler typisch hawaiianische Tänze vor.

Als wir jedoch erfahren hatten, was der Moderator mit uns vorhatte, wollte Luzi gleich wieder flüchten. Ich konnte sie nur mit Mühe daran hindern.

»Sowas mache ich nicht mit. Das ist doch pervers«, maulte Luzi. »Die wollen doch tatsächlich, dass wir halbnackt vor fremden Menschen auf der Bühne tanzen. Das kann man mit einer wohlerzogenen Luzi nicht machen, die spinnen doch.«

»Komm Luzi, sei kein Spielverderber! Wir sind hier auf Hawaii, da ist das eben so«, versuchte ich Luzi zu beruhigen. »Das gehört zur hawaiianischen Kultur. Sei doch froh, dass der Moderator gerade *uns* ausgewählt hat. Wir werden bestimmt viel Spaß dabei haben. Beim Hippie-Festival in San Francisco hast du dich doch auch nicht so angestellt. Hast du das etwa schon vergessen?«

»Ach was.«

Ach so. Sie, liebe Leser, wissen ja immer noch nicht, um was es ging. Wir sollten uns als Hawaiimädchen verkleiden und mit den anderen Frauen auf der Bühne Hula tanzen. Die Verkleidung bestand in einem bunten Hawaii-Bikini, über deren Höschen ein Baströckchen getragen wird.

Lange Rede, kurzer Sinn. Zu guter Letzt konnte ich Luzi überreden und wir zogen uns um.

Das was nun folgte war vielleicht ein Spaß, kann ich Ihnen sagen. Da wir bereits einige Tage in der kalifornischen Sonne unterwegs waren, hatten wir schon etwas Farbe im Gesicht bekommen und waren kaum von den Hawaiianischen Tänzerinnen zu unterscheiden. Nur unser Englisch ließ etwas zu wünschen übrig, aber das spielte beim Tanzen ja keine Rolle.

Hula heißt übrigens übersetzt ‚überströmende Sonnenenergie‘. Der Tanz soll Kraft und Energie geben und die Lebensenergie zum Fließen bringen. Ursprünglich war Hula ein nur von Männern getanzter heiliger Ritualtanz. Hula-Tänzer stellen die Blätter der Bäume dar und auch die Wellen des Meeres.

In den letzten Jahren, etwa ab den 1970er Jahren, ist Hula allerdings immer mehr von westlicher Musik beeinflusst worden. Das spiegelt sich vor allem in den nunmehr verwendeten Instrumenten, wie Ukulele und Steelgitarre, der Kleidung und Aufführung des Tanzes wider.

Nach einer kurzen Einführung in den Tanz ging es auch schon los. Luzi war gar nicht wieder einzukriegen. Nach dem Beginn der Tanzvorführung war sie völlig aus dem Häuschen.

»Hula, ich liebe den Hula«, rief Luzi. Sie war plötzlich wie verwandelt. Wie im Trance bewegte sie sich im Rhythmus der anderen Frauen, so als ob sie schon immer zur Gruppe der

Tänzerinnen gehörte. So sah ich meine Luzi bisher noch nie. Hatte sie vielleicht vorher heimlich gekifft, oder andere halluzinogene Drogen zu sich genommen? Zuzutrauen wäre es ihr. Nein, das stimmt nicht. Das war nur Spaß. Luzi würde nie Drogen nehmen. Obwohl, wie war das damals nach dem Hippie-Festival in San Francisco? Furchtbar. Ihr war kotzübel davon. Das war ihr hoffentlich eine Lehre.

Zunächst tanzten wir in einer Reihe mit den anderen Frauen, doch auf einmal bewegte sich Luzi langsam tänzelnd heraus und immer weiter nach vorn, bis sie als Solotänzerin wahrgenommen wurde.

Schnell verinnerlichte sie die Bewegungen der andern Frauen. Eigentlich wackelt man ja beim Hula nur mit den Hüften und bewegt die Arme zur Seite und nach oben.

Im Grunde genommen ist ja Hula kein Tanz, den man nur durch das Zuschauen erlernen kann, doch Luzi bildete wohl eine Ausnahme. Vielleicht kamen ihr ihre Sportlichkeit und ihre Erfahrungen beim Line Dance zugute. Beim Line Dance muss man ja auch verschiedene Schritte lernen. Ich glaube, Luzi hatte sich einfach nur ein paar Bewegungen der benachbarten Frauen abgeschaut und in der Kürze der Zeit eine eigene Choreografie daraus kreiert.

Das Wiegen ihrer Hüften sah besonders geschmeidig aus. Sie machte immer zwei Schritte nach links und dann wieder zwei Schritte nach rechts. Dabei senkte und hob sie abwechselnd ihre Hüften. Ihre Hände hielt sie auf Brusthöhe und stellte abwechselnd einmal den rechten und dann den linken Arm auf, je nachdem welchen Fuß sie gerade bewegte.

Das Publikum honorierte Luzis Vorpreschen mit begeistertem Beifall und ,Luzi'-Rufen. All das machte Luzi sehr stolz und motivierte sie natürlich, so weiterzumachen.

Die ganze Aufführung dauerte etwa 20 Minuten, dann konnte Luzi nicht mehr, sie war vollkommen ausgepowert. Unter stehenden Ovationen ging Luzi, gemeinsam mit den anderen Tänzerinnen und mir von der hell erleuchteten Bühne.

Nachdem wir uns backstage (ja, so nennt man ,hinter der Bühne' heutzutage) etwas frisch gemacht hatten, gingen wir erhobenen Hauptes wieder zu Bill an den Tisch.

»Gratulation! Bravo! Das ist ja Wahnsinn, was Ihr da gemacht habt. Da können sich manche junge Mädchen eine Scheibe von Euch abschneiden«, begrüßte uns Bill und klatschte mehrmals in die Hände.

»Den Mädels musste ich erst mal zeigen, wie man den Hula richtig tanzt. Das waren bestimmt alles Amateure. Den Tanz hatten wir nämlich auch in der Tanzschule beim Line-Dance als Bonus«, prahlte Luzi erhobenen Hauptes.

»Sagen wir mal so, Luzi«, holte ich sie wieder auf den Boden der Tatsachen herunter. »Du hast eher deinen eigenen Tanz kreiert. Ich würde ihn den ‚Hula Luzi‘ nennen.«

»Das ist gemein, Josie. Ich habe mir solche Mühe gegeben. Hast du nicht gesehen, wie die Leute geklatscht haben. Doch nicht aus Mitleid. Nein, weil ich gut war. Die Zuschauer sind fast ausgerastet vor Begeisterung.

Aber den Namen vom Tanz finde ich gut. Den muss ich mir merken.«

Bill und ich gaben Luzi recht und das Thema war vom Tisch.

Als Dank für unsere Tanzdarbietungen hatten wir an diesem Abend alle Speisen und Getränke frei, sie gingen aufs Haus, was wir natürlich ausnutzten und genossen. So viel leckere Speisen, wie an diesem Abend hatte ich schon lange nicht verzehrt. Getrunken hatten wir auch ein wenig mehr, als sonst, bei derartigen Festen. Aber wir hatten viel Spaß dabei.

Aber jetzt mal unter uns: Der Pina Colada-Cocktail schmeckt einfach nur lecker. Wenn da nicht die Kopfschmerzen am nächsten Tag gewesen wären.

Weit nach Mitternacht verließen wir die Veranstaltung, spazierten den kurzen Weg zurück bis in unser Hotel und gingen gutgelaunt auf unsere Zimmer.

Zum Abschluss dieses Kapitel möchte ich noch erwähnen, dass jedes Jahr auf Hawaii mehrere große Hula-Veranstaltungen stattfinden. Eins davon ist das *Merrie Monarch Festival*, ein Hula-Wettbewerb, an dem Männer- und Frauenteams gegeneinander antreten. Das einwöchige Festival findet in Hilo auf Big Island, in der Woche nach Ostern, statt und beginnt bereits am Ostersonntag. Da waren wir leider etwas zu spät dran.

Bei den einwöchigen Feierlichkeiten finden aber nicht nur Hula-Veranstaltungen statt, es wird auch eine Kunst- und Handwerksmesse, mit einigen der begehrtesten hawaiianischen Handwerker und Designer dargeboten. Darüber hinaus gibt es kulturelle Darbietungen,

Hula-Ausstellungen und eine Parade, die die vielen Kulturen von Hawaii präsentiert. Ein Besuch würde sich also lohnen.

Erster Tag auf Hawaii

Am Samstagmorgen des 05. August frühstückten wir etwas zeitiger als sonst, aber trotzdem ausgiebig. Bill meinte, wir sollten unbedingt *spam* probieren. Spam bezeichnet auf Hawaii Frühstücksfleisch. Die gängigste Variante wird *spam musubi* genannt und besteht aus einer gegrillten Scheibe Frühstücksfleisch mit Reis. Eingewickelt ist sie in Meeresalgen. Na, ja, wem's schmeckt. Ich hielt mich lieber an etwas konventionelleres Essen.

Da an diesem Tag die Wellen wieder sehr hoch waren, wollten wir lieber unsere Insel Oahu etwas näher kennenlernen. Außerdem hatte ich immer noch die mahnenden Worte unseres Schutzengels in den Ohren.

Für derartige Erkundungen eignet sich hervorragend das öffentliche Bussystem »TheBus«. Nahezu die gesamte Insel ist von »TheBus« erschlossen.

Ein Mietwagen ist auf dieser Insel tatsächlich nicht notwendig. Die Busse verkehren in relativ kurzen Abständen, sodass sich mit den insgesamt 93 Linien und 500 Fahrzeugen (Stand 2017) fast alle Touristenattraktionen der Insel Oahu bereisen lassen. Eine Fahrt kostet 2,50

Dollar und kann auch für eine Umsteigeverbindung genutzt werden. Noch besser ist es, man nimmt beim Busfahrer einen Tages-Pass für 5,50 Dollar. Mit diesem Pass kann man sogar rund um die ganze Insel Oahu fahren. (Die Preise könnten sich in der Zwischenzeit, vor allem nach Corona, geändert haben.)

Ergänzend möchte ich noch erwähnen, dass Oahu die drittgrößte Insel des Archipels ist. Rund eine Million Menschen leben hier, das sind rund 70 Prozent der Gesamtbevölkerung von Hawaii.

Wenn man die Insel Oahu erkunden will, ist Waikiki ein guter Ausgangspunkt. Unser erstes Ziel war der 232 Meter hohe Diamond Head Krater. Nachdem Luzi, Bill und ich mit dem Bus oben angekommen waren, liefen wir zunächst durch einen etwas düsteren Tunnel in die Kratersenke.

Etwas mühsam war der Aufstieg zum Kraterrand. Doch die Mühe hatte sich gelohnt. Wir wurden mit einem traumhaften Panoramablick auf die Umgebung und auf Waikiki Beach belohnt.

Im zweiten Weltkrieg befand sich übrigens das militärische Hauptquartier Hawaiis im Diamond Head Krater.

Nach diesem ersten Highlight des Tages fuhren wir mit dem Bus etwa eine Stunde weiter zum *North Shore*, die ohne Zweifel schönste Gegend der Insel Oahu. Dort gibt es große, breite Sandstrände, die sich über mehr als elf Kilometer erstrecken und nicht so überfüllt sind, wie in Waikiki.

Die gigantischen Wellen, die im Winter am höchsten sind, locken vor allem in dieser Jahreszeit viele Surfer aus aller Welt an. Die kleineren und sanfteren Sommerwellen sind dagegen besser für Anfänger.

Zunächst schlenderten wir ein wenig am *Sunset Beach* Strand entlang, bevor wir anschließend nach *Haleiwa Town*, dem kulturellen Zentrum von North Shore fuhren. Zahlreiche Food Trucks der Stadt bieten dort Garnelen und andere Köstlichkeiten an. Darüber hinaus findet man zahlreiche Geschäfte, Kunstgalerien und auch Restaurants, wo man wie ein Einheimischer lecker essen kann.

Als wir am späten Nachmittag wieder zurück ins Hotel kamen, traute ich meinen Augen nicht. Nie im Leben hätte ich damit gerechnet, *ihm* auf Hawaii zu begegnen. Bill hatte uns also doch etwas verschwiegen, und zwar eine große Überraschung.

»Das kann doch nicht wahr sein. Träume ich jetzt, oder bist du es wirklich, Lothar? Was machst *du* denn hier?«, fragte ich und war völlig von den Socken. »Das ist ja eine schöne Überraschung. Woher wusstest du, in welchem Hotel wir wohnen? Ich ahne Schreckliches.«

Lothar nahm mich in den Arm und drückte mich: »Hallo Josie, ich freue mich, dich so schnell wiederzusehen. Du hattest mir doch in Sevilla ein Kärtchen mit Telefonnummern gegeben«, begrüßte mich Lothar mit einem verschmitzten Lächeln auf den Lippen und mir war auf einmal alles klar. »Auf diesem Kärtchen stand zufällig auch Bills Nummer mit drauf. Nachdem ich wieder in Deutschland war, rief ich ihn gleich an und klärte ihn auf, wer ich bin und was ich vorhabe. Bill war sofort Feuer und Flamme und spielte das Spiel mit.«

»Ja und nun?«, fragte ich Lothar. »Bist du extra wegen mir nach Hawaii geflogen? Oder, was ist der Grund für dein Erscheinen hier im ‚Aloha Staat'?«

Bill lächelte und Luzi meinte nur: »Das sieht aber ganz nach einem Heiratsantrag aus. Wenn ich mich da nicht irre.«

»Ja, Josie, ich habe wegen dir die lange Reise nach Hawaii gemacht«, fing Lothar seinen Satz an, »weil ich dir sagen möchte, dass ich dich über alles liebe und, dass ich mit dir den Rest meines Lebens verbringen möchte, komme was wolle.«

Lothar kniete sich vor mir auf den Boden.

»Josie, möchtest du meine Frau werden?«, fragte mich Lothar etwas unbeholfen. Aber er sah dabei irgendwie niedlich aus, fast so wie ein kleiner Junge.

Luzi murmelte, wenn auch etwas unpassend: »Ach, ist das romantisch. So richtig amerikanisch, wie in einem Hollywood-Film. Ich bin geflasht.«

Ich war dermaßen überrascht, dass ich nicht wusste, ob Lothar es ernst meinte oder nur Spaß machte.

»Lothar, ist das dein Ernst? Dafür bist du extra nach Hawaii gekommen? Hättest du nicht warten können bis wir wieder in Deutschland sind?«, fragte ich etwas vorwurfsvoll.

»Nein, Josie, ich konnte nicht warten. Ich habe bereits alles organisiert.«

»Was hast du organisiert?«, fragte ich verwundert.

»Antworte bitte erst auf meine Frage, dann sage ich es dir.«

»Ja, Lothar, ich möchte dich gern heiraten. Ich verstehe nur deine Eile nicht.«

»Josie, wir werden morgen hier auf Hawaii heiraten. Es ist alles vorbereitet. Nach deinen Worten gibt es auch kein Zurück mehr.«

Ich war von Lothars Aussage dermaßen überrascht, dass ich für den ersten Moment nicht wusste, was ich sagen sollte. »Was sagst du da? Ist das jetzt ein Witz?«

»Nein, Josie, das ist kein Witz«, versicherte mir Lothar. »Das ist die Wahrheit. Natürlich nur, wenn du möchtest, versteht sich.«

»Ich fasse es nicht. Das kann doch nicht wahr sein. Die Termine muss man doch bestimmt ein Jahr im Voraus machen. Wieso ging das auf einmal so schnell?«, wunderte ich mich.

»Ich konnte es selbst kaum glauben. Ich brauchte nur deinen Namen zu nennen, da fragte man mich auch schon, ob Josie zu Luzi gehört. Als ich dies bestätigte, sagte die Frau am Telefon, dass sie mich in ein paar Minuten zurückrufen würde.

Es dauerte nicht einmal fünf Minuten, da rief die nette Dame auch schon zurück. Sie sagte, dass sie zwar keinen freien Termin hätte, aber ein Paar hätte sich sofort bereit erklärt, eine Doppelhochzeit mit uns zu veranstalten. Wir wären eingeladen, egal wie viel Personen wir sind. Es wäre dem Paar eine besondere Ehre, nachdem Luzi bereits auf dem Festland geheiratet hat. Natürlich habe ich sofort zugesagt. Nun liegt es an dir, ob wir es machen oder nicht.«

»Lothar, ich glaube, in diesem Fall habe ich keine andere Wahl. Natürlich machen wir es. Da gibt es doch gar keine Frage. Die spontanen Entscheidungen sind immer die besten.«

Mir kamen die Tränen, so sprachlos war ich. Um uns herum hatte sich bereits eine Traube von Menschen gebildet. Einige von ihnen klatschten, andere wiederum stimmten ein hawaiianisches Lied an. Innerhalb kürzester Zeit wurden es immer mehr Menschen. Meist waren es Einheimische, die zu den Gesängen auch noch tanzten.

»Was sollen wir zu unserer Hochzeit anziehen?«, fragte ich Lothar. »Ich bin doch gar nicht auf solch ein großes Fest vorbereitet.«

»Na, das ist ja wohl nicht schwer. Wir sind hier auf Hawaii. Ich kaufe mir ein typisches knallbuntes Hawaii-Hemd und du das Äquivalent dazu, ein sogenanntes *muumuu*, oder besser noch, das elegantere *holoku*.«

»Mumu?«, fragte Luzi entsetzt. »Was ist denn das für ein Schweinkram?«

Wenn ich das mal etwas näher erläutern kann, ein *muumuu*, wie es auf Hawaiianisch heißt, ist ein sogenanntes Zeltkleid. Mittlerweile sind derartige Kleider auch bei uns in Deutschland ein Begriff.

»Wenn du meinst, Lothar. Da müssen wir uns aber noch heute auf den Weg machen. Und ihr, Luzi und Bill kommt mit und beratet uns. Ist das klar?«

Obwohl die Sonne schon dabei war, sich am Horizont bis zum nächsten Morgen zu verabschieden, machten wir uns am Abend noch auf den Weg, um die Hochzeitsklamotten zu besorgen. Das war viel einfacher, als wir es uns vorgestellt hatten.

Mit dem Bus fuhren wir vier in das riesige *Ala Moana Shoppingcenter*. Dort fanden wir viele Spezialgeschäfte und eine gute Beratung. Bei Lothar ging es recht schnell. Bereits nach kurzer Zeit hatte er ein passendes Hemd gefunden. Irgendwie sehen sich die Hawaii-Hemden alle ähnlich.

Für mich das richtige *holoku* auszusuchen, war schon etwas langwieriger, weil ich auch auf den zu mir passenden Schnitt achten musste. Doch auch diese Herausforderung leisteten wir schließlich zu meiner Zufriedenheit.

»Toll siehst du aus, Josie. Da kann man direkt neidisch werden. So schön sah ich bestimmt nicht aus«, machte mir Luzi ein großes Kompliment und schaute dabei etwas traurig aus.

»Was redest du da, meine Gute? Du hast bezaubernd ausgesehen in deinem Westen-Outfit. Mit Sicherheit warst du die Schönste in der ganzen Kapelle.«

»Schöner als Mickey Maus oder Goofy auszusehen ist ja wohl keine Kunst«, antwortete mir Luzi etwas trotzig.

»Stimmt auch wieder. Aber du meinst, das würde mir stehen?«

»Na klar, das Bunt passt gut zu dir. Siehst du das auch so Lothar?«

»Hervorragend. Es steht dir hervorragend. Du wirst morgen die schönste im ganzen Land und hinter den sieben Bergen sein.«

»Lass bitte Schneewittchen aus dem Spiel! Die kann nichts dafür.«

Ich weiß nicht, wie Sie das sehen, aber Männer kann man so etwas nicht fragen. Die haben doch von Mode keine Ahnung. Denen ist doch egal, wie wir Frauen rumlaufen. Die sagen immer, dass man die Schönste ist. Sicher gibt es Ausnahmen, aber die sind nicht die Regel. Aber egal, den vermeintlich schwierigsten Teil hatten wir hinter uns gebracht.

Nachdem wir Hemd und Kleid gekauft hatten, stand nun unserer Hochzeit nichts mehr im Weg.

Meine Hochzeit mit Lothar auf Hawaii

Am Sonntagmorgen des 06. August mussten Lothar und ich unsere Hochzeitslizenz abholen. Diese mussten wir vorher online ausfüllen. Eine derartige Lizenz ist sehr wichtig, denn ohne sie darf der Pfarrer das Hochzeitspaar nicht trauen.

Ein Mitarbeiter des Hotels *Moana Surfrider* war uns dabei behilflich und fuhr uns gleich nach dem Frühstück nach Honolulu ins *Departement of Health,* wo wir diese Lizenz nach Vorlage unserer Reisepässe schriftlich erhielten. Sie wurde von einer vom Staate Hawaii ermächtigten Beamtin (Lizensentin) ausgestellt.

Die Hochzeitslizenz enthält unter anderem alle Namen, Geburtstage und Adressen des Paares, sowie alle Vor- und Nachnamen der Eltern. Die Lizenz kostete 65 Dollar inklusive 5 Dollar Verwaltungskosten und wir mussten sie in bar bezahlen, nur so mal nebenbei.

Darüber hinaus beantragten wir bei der Lizensentin, für eine Gebühr von nur einem Dollar, eine sogenannte Apostille. Sie ist eine internationale Beglaubigung, die vom Gouverneur Hawaiis ausgestellt und dem Brautpaar nach etwa drei Monaten nach Hause zugeschickt wird.

Sie ist dringend notwendig, damit die Hochzeit in Deutschland anerkannt wird, was man demzufolge erst nach mindestens drei Monaten auf dem Standesamt beantragen kann. Dazu muss die Apostille jedoch vorher von einem staatlich geprüften Übersetzer ins Deutsche übersetzt werden. Dabei fallen noch einmal Gebühren von etwa 100 Euro an.

Dank der Hilfe des netten Hotelmitarbeiters klappte alles wunderbar und wir waren gegen Mittag wieder zurück im Hotel. Dort erwartete uns bereits die nächste Überraschung.

»Ja, so trifft man sich wieder«, sagte Jasmin und umarmte uns. »Damit habt Ihr sicher nicht gerechnet.«

Und Marie ergänzte: »Josie, wir freuen uns alle mit Euch und haben unseren Urlaub extra um ein paar Tage verlängert. Dieses Highlight konnten wir uns einfach nicht entgehen lassen. Von diesem großen Ereignis werden sicher noch meine Enkel berichten, falls ich überhaupt mal welche bekomme. Aber davon gehe ich mal aus.«

Das war natürlich eine Überraschung für Luzi und mich. Uns kamen sofort die Tränen

vor Freude. Bill und Lothar waren ja einge-
weiht und deshalb weniger erstaunt.

»Jasmin, Marie, wie kommt *Ihr* denn hierher?«, fragte Luzi erstaunt.

»Mit dem Flieger, mit was sonst«, scherzte
Marie. »Das letzte Schiff war leider schon aus-
gebucht.«

»Warum habt Ihr denn in Las Vegas nichts
davon erzählt?«, fragte ich.

»Dann wäre es ja keine Überraschung mehr«,
meinte Jasmin.

»Ihr habt also die ganze Zeit alles gewusst
und habt uns kein Wort erzählt. Ich glaube, das
könnten wir nicht, oder Luzi.«

Luzi lachte und schaute mir tief in die Augen. »Wer ist denn hier das Plappermaul? Ich
doch nicht.«

Nun waren wir sechs Personen, die sich am
Nachmittag zum Ort der Hochzeitsfeier bega-
ben, Lothar in seinem knallroten Hawaiihemd
und ich in meinem kunterbunten *holoku*. So
richtig wohlgefühlt habe ich mich in dem Kleid
ehrlich gesagt ja nicht, aber es war zumindest
landestypisch. Da musste man schon mal Kom-
promisse eingehen.

Wenigstens können wir später, wenn wir uns die Fotos und den Film anschauen, herzlich darüber lachen.

Derselbe Mitarbeiter unseres Hotel, der uns am Vormittag ins Departement of Health begleitete, fuhr uns am späten Nachmittag an jenen Ort, wo die Hochzeitsfeier stattfand.

An der Nordküste von Oahu befindet sich das *Turtle Bay Resort* oder alternativ *Paipu Beach*. Durch sein weitläufiges Grundstück von insgesamt über 880 Hektar eignet es sich hervorragend für größere Hochzeiten. Türkisfarbene Wellen brechen sich an einem palmengesäumten Strand und im Hintergrund sieht man die bewaldeten Berge der Insel Oahu.

Auf dem Gelände der Zeremonie waren bereits die meisten Hochzeitsgäste anwesend. Einige saßen an mehreren langen Holztischen, die mit vielen Blumen und Blüten dekoriert waren. Andere standen in kleinen Grüppchen zusammen und diskutierten lächelnd miteinander.

Bis zum Meer waren es nur wenige Meter. Der Wind wehte an diesem Tag nur sehr schwach. Daher waren die Wellen auch nicht sehr hoch; aber deren Rauschen war deutlich zu hören. Dieses typische Geräusch gehörte einfach zu einer hawaiianischen Hochzeit am Pazifik dazu. Darüber hinaus hatten wir einen fast wolkenlosen Himmel.

Zunächst begrüßten wir das Hochzeitspaar, das uns zu dieser Doppelhochzeit eingeladen hatte. Es war eine überaus herzliche Begrüßung. Wie es uns Bill zuvor erklärt hatte, war es eine Begrüßung ohne Händeschütteln, jedoch mit einem Kuss auf die Wange.

Wir brachten sogar ein kleines Geschenk mit. Das heißt Lothar brachte es mit, und zwar einen Bildband von den schönsten Orten und Gegenden Deutschlands. Das Paar hatte sich sehr über das Geschenk gefreut. In Deutschland waren sie noch nie und würden wahrscheinlich auch nicht mehr hinkommen. Die Entfernung ist einfach zu groß. Wir haben zwar die lange Reise auch auf uns genommen, aber wir wollten wenigstens einmal in unserem Leben das Paradies sehen und erleben.

Nachträglich hatten wir erfahren, dass es sich bei dem Brautpaar um hochrangige Persönlichkeiten aus dem öffentlichen Leben gehandelt hatte. Dies erklärte auch, dass unter den etwa 150 Gästen sogar der Bürgermeister von Honolulu gewesen sein soll.

Die Braut trug ein traditionelles, ärmelloses, weißes Brautkleid. Ihren Kopf schmückte ein Stirnband aus kleinen, weißen Blüten mit etwas grün. Es sollte die Blumenfülle der Insel wiederspiegeln sollte. Der Bräutigam war in einem weißen Hemd und in einer weißen Hose gekleidet, was typisch für hawaiianische Hochzeiten ist.

Die Zeremonie der beiden Hochzeiten begann natürlich mit der Trauung durch einen Wedding Officiant, einem Standesbeamten. In unserem Fall war es ein Priester.

Zunächst stand die Trauung des Gastpaares auf dem Plan. Wir konnten schon einmal ein bisschen schauen, wie auf Hawaii eine derartige Trauung abläuft.

Der Priester und der Bräutigam standen am Altar, der mit einem Kreis von Blütenblättern verziert war. Die Trauung konnte beginnen. Der Priester blies in eine Seemuschel, die als *pu* bezeichnet wird und die fast so groß wie sein Kopf war. Der tiefe Klang der Muschel war das Zeichen für die Braut, dass die Zeremonie der Hochzeit begonnen hatte. Der Klang der Muschel ist auf Hawaii der Ersatz für die Kirchenglocken in anderen Ländern.

Der Bräutigam wartete am Altar auf die Braut, schaute jedoch von ihr weg. Die Braut bewegte sich nun alleine auf den Altar zu. Als sie barfuß ihren Weg begann, drehte sich der Bräutigam zu ihr um.

Zu einer hawaiianischen Trauung gehört unbedingt ein Wedding Song. Das Paar hatte sich für Elvis Presley mit seinem Song aus dem Film Blue Hawaii entschieden. Wie wir später erfuhren, ist dieser Titel einer der am häufigsten gewünschten Wedding Songs überhaupt.

Night and you
And blue Hawaii
The night is heavenly
And you are heaven to me
Lovely you
And blue Hawaii
With all this loveliness
There should be love
Come with me

Weitere Einzelheiten einer hawaiianischen Hochzeit werde ich im Folgenden, also bei meiner Hochzeit mit Lothar, schildern.

Nach der Hochzeit des Gastpaares mussten Lothar und ich zur Tat schreiten. Ich kann Ihnen gar nicht schildern, wie aufgeregt wir waren. Aber was muss das muss. So sagt man doch in Norddeutschland?

Aufgrund unserer auffälligen Kleidung waren wir gar nicht so weit weg von hawaiianischer Tradition. Normalerweise hätten wir auch in weiß heiraten sollen, aber wir wollten unseren Gästen nicht die Show stehlen.

Die wunderschönen Blumenleis, die wir umhängen hatten, kamen unterdessen nicht so richtig zur Geltung. Lothars Hemd und mein Kleid waren sehr dominant. Aber der Wille war da und die Anwesenden honorierten es auch mit einem schelmischen, verschmitzten Lächeln.

Der Priester blies bei uns natürlich auch durch seine Muschel, um zu signalisieren, dass die Trauung jetzt begann. Er blies symbolisch in die vier Himmelsrichtungen: Richtung Osten zum *Haleakala*, dem größten schlafenden Vulkan der Welt. Richtung Norden zu den Bergen und zum Regenwald, wo sich die Ahnen aufhalten. Richtung Westen zum ewigen Meer und Richtung Süden zum Hochzeitspaar hin, um die guten Gedanken, Kraft und Energie und Liebe zu ihm zu bringen.

Ich lief langsam und ebenfalls barfuß durch den Sand auf Lothar zu, der mich bereits beim Priester erwartete.

Als ich bei Lothar war, sprach der Priester in einem deutlichen Englisch zu uns. Nach ein paar allgemeinen Worten kam die alles entscheidende Frage: »Do you Lothar Ziegler, take Josie, to be your wife? To have and to hold, from this day forward, for better, for worse, for richer, for poorer, in sickness, in health, to cherish with devoted love and faithfulness 'till death to your part?«

Mit zitternder Stimme antwortete Lothar ohne zu zögern: »I do.«

Dann befragte man mich: »Do you Josie Schubert, take Lothar, to be your husband? To have and to hold, from this day forward, for better, for worse, for richer, for poorer, in sickness, in health, to cherish with devoted love and faithfulness 'till death to your part?«

Auch ich antwortete sofort, aber mit weichen Knien: »I do.«

Von nun an waren wir Frau und Mann, wir waren verheiratet, Lothar und ich, die Josie. Jedenfalls vorläufig. So richtig waren wir es erst nach der Beantragung in Deutschland mithilfe der Apostille. Die Trauung wurde zu einem weiteren Höhepunkt in meinem Leben.

Sie werden sicher staunen, dass ich die Worte des Priesters noch so im Einzelnen wusste. Bill hatte die gesamte Hochzeit mit seinem Camcorder gefilmt. Somit brauchte ich den Dialog nur noch wortwörtlich übernehmen. Wenn Sie Probleme haben, die Sätze zu übersetzen, so richtig habe ich sie auch nicht verstanden.

Noch wichtiger als der Tausch der Ringe ist in Hawaii der Lei-Tausch, welche uns ein Blumenmädchen übergab. Der duftende Blumen-Lei, der aus handgepflückten, kunstvoll gewundenen Blüten, Blättern und Farnen besteht, symbolisiert in der hawaiianischen Kultur Liebe und Freundschaft und ist das Symbol für einen Hochzeitsring. Er besteht oft aus rosa und weißen, kleinen Blüten. Deshalb wird dieser Tausch auch zuerst zelebriert.

Die Eheringe wurden erst durch die Missionare am Anfang des 19. Jahrhunderts auf Hawaii eingeführt. Deshalb tauscht man die Ringe nach dem Lei-Tausch. Vor dem Tausch der Ringe tauchte der Priester die Ringe in eine Koa-Holzschale, in der sich Meerwasser befand. Koa-Holz steht für Stärke und Integrität. Anschließend tauchte der Priester ein Ti-Blatt (hawaiianische Strauchpflanze) in das Wasser, um Wohlstand und Gesundheit darzustellen, bevor er die Ringe dreimal mit Wasser besprühte. Dabei mussten wir dem Geistlichen ein Gelöbnis nachsprechen.

Vor dem Ende der Zeremonie wickelten Lothar und ich, also das Brautpaar, einen Lavastein in ein Ti-Blatt, das für die Ringzeremonie verwendet wird.

Die Ringzeremonie ist ein wunderschönes Ritual, bei dem die Hochzeitsgäste mit einbezogen werden. Das Brautpaar lässt die Ringe von Hand zu Hand wandern. Somit kann jeder Gast sie kurz in den Händen halten und seine guten Wünsche für das Brautpaar mitgeben.

Nach dem obligatorischen Kuss, wendete sich der Priester noch einmal an uns: »Und nun bitte ich um Ihre Aufmerksamkeit. Ich habe heute noch einen ganz besonderen Gast. Er hat mich gebeten, Ihnen, also Josie und Lothar, unbedingt zu gratulieren und ein einen ganz speziellen Wedding Song zu singen.«

Sie können es sicher schon ahnen, wer der Überraschungsgast war. Genau, es war unser Schutzengel, der da von weitem zu sehen war. Gekleidet war er ganz leger, weißes, kurzes

Hemd und rote Bermuda-Shorts. Seine Kleidung erinnerte an die amerikanische Flagge, Stars and Stripes und die entsprechenden Farben.

Er kam ein paar Schritte auf uns zu. Etwa 50 Meter vor uns blieb er zunächst stehen, nahm ein Mikrofon in die Hand und sagte: »Liebe Josie, lieber Lothar. Im Namen des amerikanischen Volkes begrüße ich Euch ganz herzlich und gratuliere Euch von ganzem Herzen zu Eurer Hochzeit.

Auch Euch, Luzi und Bill heiße ich auf das Herzlichste Willkommen. Ihr konntet ja bereits vor einigen Tagen in Las Vegas den Bund der Ehe eingehen. Bleibt gesund und habt viel Freude miteinander!

Nachdem Ihr nun beide Euren persönlichen Schutzengel gefunden habt, der stets auf Euch aufpassen wird, in guten wie in schlechten Zeiten, ist mein Job mit dem heutigen Tag beendet.

Es war schön mit Euch und es hat großen Spaß gemacht, auf Euch aufzupassen, auch wenn es manchmal nicht einfach war. Ich wünsche Euch für die Zukunft alles Gute.«

Als Dank für unsere großen Taten im letzten Jahr im Wilden Westen sang er für uns noch die

erste Strophe der amerikanischen National-
hymne. Es war im Prinzip *unser* Wedding Song.

> *Oh, say can you see by the dawn's early*
> *light*
> *What so proudly we hailed at the twilig-*
> *ht's last gleaming?*
> *Whose broad stripes and bright stars thru*
> *the perilous fight,*
> *O'er the ramparts we watched were so*
> *gallantly streaming?*
> *And the rocket's red glare, the bombs*
> *bursting in air,*
> *Gave proof thru the night that our flag*
> *was still there.*

Was für eine schöne Stimme er hatte und
was für ein bewegender Moment es war. Mir
kamen die Tränen und Luzi und Bill auch. Wir
waren gerührt. Auch dem frisch vermählten
hawaiianischen Paar kamen die Tränen. Sie
konnten wenigstens den Text verstehen.

Nachdem unser (ehemaliger) Schutzengel
sein Lied beendet hatte, winkte er uns noch
einmal zu, drehte sich um und lief langsamen
Schrittes davon. Wir wollten uns noch bei ihm
bedanken und riefen ihm hinterher: »Vielen

Dank für alles. Wir werden dich nie vergessen. Du bist ein ganz toller Mensch.«

Er hob kurz seinen rechten Arm, dann verschwand er auf Nimmerwiedersehen hinter den Palmen. Eigentlich Schade. Wir hatten uns inzwischen ein wenig an sein unregelmäßiges Erscheinen gewöhnt. Wir werden ihn sicher vermissen. Aber ich bin mir auch sicher, dass Bill und Lothar ihn gut ersetzen werden.

Um es vorwegzunehmen: Seitdem sich unser Schutzengel von uns verabschiedet hatte, brauchten wir tatsächlich keine aufregenden Abenteuer mehr bestehen, wie wir sie bei unseren Reisen durch den Wilden Westen und bis ins spanische Granada erleben mussten.

Obwohl ich nun fast am Ende meines Buches bin, können Sie, liebe Leser, also von nun an ganz entspannt weiterlesen und die letzten Seiten meines Reiseberichtes ohne Aufregung genießen. Das hoffe ich jedenfalls.

Nach dem Höhepunkt, der Trauung, ging gegen halb acht Uhr abends langsam die Sonne unter und es folgte das nächste Highlight, das Luau-Fest. Es ist ein traditionelles hawaiianisches Volksfest, das besonders auch bei Hochzeiten gefeiert wird. Verbunden ist es mit einem üppigen Festmahl, viel Unterhaltung und Einblicken in die polynesische Kultur.

Bevor mit dem Festmahl begonnen werden konnte, fand eine Hula-Vorführung statt, die das Gast-Paar organisiert hatte. Wir konnten polynesische Bräuche und tahitianische Tänze bewundern. Darüber hinaus wurde extra wegen uns ein samoanischer Feuertänzer eingeladen.

Er zeigte uns eine wunderschöne Show, die wir so vorher noch nie gesehen hatten. Der Tänzer sprach am Anfang extra wegen uns Gästen aus Deutschland einige erklärende Worte zu dem Feuertanz. Einiges ist mir noch im Gedächtnis geblieben.

Der Tanz mit dem Feuer steht für Leidenschaft, tiefgehende Gefühle und pure Energie. Feuer übt auf die meisten Menschen eine enorm starke Faszination aus. Die Kunst mit Flammen zu tanzen und das Feuer zu beherrschen ist fast so alt, wie die menschliche Zivilisation.

Im Normalfall bestehen Feuertänze aus 4 Teilen, dem Auftakt, der Steigerung, dem Höhepunkt und dem Ausklang.

Den Auftakt bildet ein Spiel mit Feuerpois. Das sind brennbare Bälle, die an einem Dochtseil gehalten und im Kreis geschwungen werden. Sie bestehen aus gewickeltem oder geflochtenem, aromatischem Polyamid (Aramid). Meist sind sie auch mit Ketten verbunden. Ursprünglich stammen Pois von den Maori, den Angehörigen der indigenen Bevölkerung von Neuseeland.

Nach dem Auftakt folgt die Steigerung. Dabei kommen Feuerstäbe und Feuerseile zum Einsatz. Feuerstäbe haben an beiden Enden entzündbare Elemente. Die Feuertänzer lassen die brennenden Stäbe in hoher Geschwindigkeit um den eigenen Körper rotieren.

Die Feuerseile, wiederum, werden vor Beginn der Show in eine brennbare Flüssigkeit getaucht und während der Vorführung angezündet. In der Dunkelheit entstehen beim Spiel mit den brennenden Seilen atemberaubende Figuren.

Der Steigerung folgt der Höhepunkt, das Speien von riesigen Feuerbällen oder Feuerherzen. Das Feuerspeien ist natürlich die Königsdisziplin und wird nur von wenigen Feuertänzern in Vollendung beherrscht.

Unser Tänzer war einer von diesen Profis und das Publikum wusste dies mit Beifall zu würdigen. Luzi, Lothar und ich hatten solch eine Darbietung noch nie vorher gesehen, verfolgten aufmerksam und interessiert die Show und waren begeistert von den Vorführungen des Feuertänzers.

Luzi hätte am liebsten mitgemacht, so wie bei den Hula-Tänzern.

»Mal sehen, ob dieser Feuertänzer auch jemand von den Zuschauern holt«, sagte Luzi zu mir.

»Das glaube ich nicht«, antwortete ich ihr. »Das ist viel zu gefährlich. Wer weiß, wie lange der Tänzer für diese Kunststücke trainiert hat. Solche Kunststücke kann man nicht einfach mal so aus dem Handgelenk schütteln. Außerdem hätte dein Ehemann in diesem Fall auch noch ein Wörtchen mitzureden«, ergänzte ich.

Bill hatte unseren kurzen Dialog verfolgt und ergänzte: »Genau, Josie, ich würde Luzi gar nicht mitmachen lassen. Stell dir nur mal vor, du lässt so einen Poi fallen und er fällt in die Zuschauer. Darunter hätte sicher Euer guter Ruf, den Ihr Beiden Euch in Amerika hart erarbeitet habt, zu leiden. Das möchtest du doch nicht.«

»Hast ja recht, Bill, man muss auch mal zurückstecken können. Aber zuhause übe ich das Mal.«

»Aber nicht in der Wohnung«, herrschte sie Bill umgehend an.

»Nein, im Garten, da ist genug Platz.«

»Und woraus willst du die Pois herstellen?«

»Da wird mir schon was einfallen. Ich habe da noch ein paar alte BHs im Schrank. Bei denen nähe ich einfach die Körbchen zusammen und fülle sie.«

»Mit was willst du die füllen?«

»Vielleicht mit Fichtenholzspänen. Dann riechen sie auch noch gut.«

»Du kommst auf Ideen, meine Gute. Damit schaffst du es bestimmt bis ins Fernsehen.«

»Ach was.«

Zum Ausklang der Performance gab uns der Tänzer noch eine Darbietung im klassischen Feuerschlucken. Das Löschen von brennenden Fackeln im Mund ist eine Kunstform mit jahrhundertelanger Tradition und nicht zu verwechseln mit dem Feuerspucken.

Auf keinem Fall sollte man versuchen, das Feuerschlucken nachzumachen. Wenn der Feuerkünstler nämlich nicht stark genug ausatmet oder sogar einatmet, schlägt die Flamme in den Rachenraum und führt zu Verbrennungen der Nase bis hin zu Verbrennungen des Halses. Noch schlimmer ist es, wenn von der Fackel

Brennstoff eingeatmet wird. Dieser gelangt in die Lunge, wo er enorme Schäden anrichten kann.

Nach dieser grandiosen Show gab es endlich etwas zu essen.

Die Hauptspeise war natürlich das *Kalua Pig*, ein in Taro-Blättern im Erdofen, dem *Imu*, gedämpftes Schweinefleisch. Für den Ofen werden in einer Grube Lavasteine im Feuer zum Glühen gebracht. Ein Kalua-Schwein wird in Bananen- und Ti-Blättern eingewickelt, auf die Steine gelegt und mit Erde zugedeckt. Neun Stunden wird das Schwein im *Imu* gedünstet.

Damit diese leckere Hauptspeise auch zur rechten Zeit fertig ist, musste unser Gast-Paar mit den Vorbereitungen bereits am späten Vormittag beginnen.

Neben der Hauptspeise, dem *Kalua Pig*, gab es unter anderem noch *Poi*, eine zerstampfte Masse aus den Krollen der Taro-Pflanze, *Chicken Long Rice*, eine Art Hühnernudelsuppe mit Glasnudeln und Ingwer und *Lomilomi Salmon*, eine Beilage aus Lachs, Tomaten, Zwiebeln und Crushed Ice.

Als Getränk dazu passt hervorragend hawaiianische Lilikoi- (Passionsfrucht-) oder Guavenlimonade.

Beinahe hätte ich noch die Nachspeise vergessen. Am besten hat mir *Haupia*, der Kokosnusspudding, geschmeckt, obwohl er meiner Meinung nach ein wenig zu süß war.

Während des ausgiebigen Essens kamen wir nach und nach ins Gespräch sowohl mit dem hawaiianischen Hochzeitspaar, als auch mit den zahlreichen Gästen. Ich muss gestehen, dass ich in meinem ganzen Leben noch nie solche herzlichen und gastfreundlichen Menschen kennengelernt habe.

Ich war etwas traurig, weil Lothar, anstatt sich um seine frisch vermählte Frau zu kümmern, lieber mit den Einheimischen plauderte. Ihn interessierte einfach alles, die Kultur, die Geschichte, das Essen usw. Doch ich war ihm nicht böse, schließlich war diese Hochzeit für uns alle eine einmalige Gelegenheit, sich so intensiv mit richtigen Hawaiianern zu unterhalten. Nur Luzi hatte etwas Mitleid mit mir.

»Du hättest dir sicher deine Hochzeit auch etwas anders vorgestellt. Lothar lässt seine Frau ja ganz schön im Stich.«

»Der soll mal nach Hause kommen«, scherzte ich.

Während wir, das heißt Luzi, Bill, Lothar Jasmin und ich, mit den Einheimischen redeten, versuchte Marie es auf andere Weise, Anschluss zu finden. Zugute kam ihr dabei ihr perfektes Englisch.

Anfangs war Marie zwar etwas skeptisch, ob sie wohl die Hochzeit ‚nice‘ finden würde. Doch das änderte sich schnell. Zum Einem war sie sehr begeistert von der Hochzeitszeremonie, zum anderen von der Gastfreundschaft und Herzlichkeit der Menschen auf Hawaii.

An der Bar, wo es eine Vielzahl leckerer Drinks gab, kam Marie mit einem jungen Hawaiianer, der etwa ihr Alter hatte, ins Gespräch. Zunächst hatten sie nur Blickkontakt, doch dieser entwickelte sich sehr schnell zu einem echten Dialog, wie das eben bei jungen Menschen üblich ist.

»Bist du auch aus Germany?«, fragte der junge Mann.

»Ja, sieht man das nicht?«, beantwortete Marie die Frage des jungen Mannes mit einer Gegenfrage.

»Nach einer Hawaiianerin siehst du jedenfalls nicht aus. Wie ist dein Name?«

»Ich heiße Marie und du?«

»Mein Name ist Kaami, was so viel heißt, wie glücklich oder Glück.«

»Cool. Und bist du glücklich?«, fragte Marie interessiert.

»Definiere Glück!«

»Glück bedeutet für mich, dass ich mit meinem Leben dauerhaft und vollkommen zufrieden und gesund bin. Außerdem ist Glück, wenn man keine finanziellen Sorgen und eine intakte Partnerschaft hat.«

»Das hast du schön gesagt, Marie. Wenn es danach geht, bin ich glücklich und du? Bist du glücklich?«

Marie überlegte einen kurzen Moment und antwortete: »Ich glaube schon.«

Kaami schaute Marie in die Augen. »Die vier Glücklichsten sind heute sicher die beiden Hochzeitspaare. Du gehörst also zu dem deutschen Paar.«

»Indirekt schon. Meine Grandma ist die Freundin der Braut. Ist das jetzt positiv oder negativ?«

»Ich mag Deutschland sehr. Ich war schon zweimal dort, wegen meines Jobs. Ich spreche sogar ein paar Worte Deutsch. Wieso sprichst du eigentlich so gut Englisch?«, wunderte sich Kaami.

»Da staunst du. Ich bin in Australien geboren und zweisprachig aufgewachsen. Meine Mom ist irgendwann von Deutschland ausgewandert, der Liebe wegen.

Wie das so ist, die Liebe hat nur 18 Jahre gehalten. Dann ist Mom mit mir zurück nach Deutschland gezogen. Das ist übrigens erst ein halbes Jahr her.«

»Dann hast du ja schon eine Menge erlebt und eine coole Oma hast du auch. Die beiden Omas haben ja eine Menge Gutes für unser Land, ich meine Amerika, getan. Echt cool, die Beiden.«

»Was du da gerade gesagt hast finde ich hochinteressant. Ihr fühlt Euch hier zu Amerika zugehörig, obwohl ihr eine ganz andere Vergangenheit und Kultur habt und fünf Flugstunden vom Festland entfernt seid?«, fragte Marie.

»Am Anfang war das schon etwas gewöhnungsbedürftig. Aber uns blieb keine andere Wahl.«

»Warum?«

»Seit dem Sturz unserer Monarchie im Jahre 1893 und der anschließenden Annexion durch die Vereinigten Staaten im Jahr 1898 gab es in der Geschichte Hawaiis viele Angriffe auf unsere Integrität. Sogar die hawaiianische Sprache, Hula und andere Bereiche der Kultur wurden zurückgedrängt.

Nach dem Eintreten der USA in den zweiten Weltkrieg wurde sogar das Kriegsrecht über Hawaii verhängt und die Grundrechte wurden außer Kraft gesetzt.

Dazu kam, dass wir, die Hawaiianer, durch die Einwanderung von Asiaten und US-Amerikanern zur Minderheit wurden und sich der westliche Lebensstil immer mehr verbreitete.

Einen großen Teil unserer Kultur, die auf dem Prinzip des Teilens, Friedensstiftens und der Geschlossenheit, beruht, konnten wir uns, dank auch des Tourismus, bis heute erhalten.

Einige, wie David Keanu Sai, Professor für Politikwissenschaft an der *University of Hawai'i at Mānoa*, sind sogar der Ansicht, dass Hawaii nie Teil der USA geworden, sondern lediglich militärisch besetzt worden ist.«

»Das ist ja recht kompliziert bei Euch. So wie ich gelesen habe, hat sich ja Euer ehemaliger

Präsident Bill Clinton im Jahr 1993 für den Sturz der Monarchie entschuldigt.«

»Das stimmt, Marie, aber er hat sich nur für den Sturz entschuldigt, nicht aber für die Annexion durch die USA.«

»Das ist ja interessant. Darüber habe ich mir noch gar keine Gedanken gemacht.«

»Komm, anstatt über Politik zu reden, lass uns an den Strand gehen und den Sonnenuntergang genießen.«

Bis zum Strand waren es nur wenige Meter. Die Sonne war schon längst untergegangen. Jetzt war die Sichel des abnehmenden Mondes zu sehen, der sich auf dem Wasser spiegelte.

»Wenn du das nächste Mal in Deutschland bist, gib mir bitte Bescheid. Dann können wir uns ja mal treffen.«

»Okay, das mache ich. Aber du hast doch sicher einen Freund.«

»Stimmt, wie kommst du da drauf?«

»So, wie du Glück definiert hast.«

»Ach du meinst das mit der Partnerschaft. Mein Freund heißt Cem. Er hat türkische Wurzeln. Seine Eltern stammen aus der Türkei. Den nehmen wir einfach mit. Eine Frage noch: Als was arbeitest du, wenn du öfter mal in Deutschland bist?«

»Ich arbeite in der Forschungsabteilung eines Energiekonzerns. Wir beschäftigen uns mit der Umstellung auf erneuerbare Energie. Deutschland ist da schon ziemlich weit. Von Deutschland können wir viel lernen. Deshalb haben wir unter anderem Deutschland als Partner gewählt. Es unterstützt uns bei unseren Projekten.

Wir arbeiten aber nicht nur mit Deutschland zusammen, sondern mehrgleisig, zum Beispiel auch mit einer Firma aus Juno Beach in Florida, dem weltweit größten Erzeuger von Energie aus Strom und Sonne oder einer Firma aus Kalifornien. «

»Das ist sicher ein interessanter Job, den du da hast.«

»Ja, und was machst du?«

»Im Augenblick mein Abi. Danach studiere ich Journalistik. Ich möchte gern mal einen Job im Radio oder Fernsehen ausüben, genau wie meine Mom.«

»Cool. Das wollte ich auch mal. Leider hat es bei mir nicht geklappt. Ich bin mehrmals an der Aufnahmeprüfung gescheitert. Warum weiß ich nicht. Vielleicht wollten die lieber einen richtigen Amerikaner. Aber reden wir lieber von etwas anderem. Wie lange bleibt ihr noch hier? «

»Wir, meine Mom und ich, fliegen Übermorgen zurück. Zunächst nach Los Angeles und von dort nach Deutschland. Meine Grandma und ihre Freundin samt Ehemänner wollen anschließend noch auf eine andere Insel, Maui, glaube ich.«

»Schade. Ich hätte dich gern noch etwas näher kennengelernt«, schaute Kaami enttäuscht.

»Wir bleiben auf jeden Fall in Verbindung.«

»Vielleicht fliege ich schon bald mal nach Deutschland. Mein Chef hatte bei unserem letzten Meeting so etwas in der Art verlauten lassen.«

»Cool. Dann sehen wir uns ja bald. Und welche Stadt in Deutschland besuchst du?«, wollte Marie wissen. »Deutschland ist groß. Die Meisten fliegen in die Hauptstadt.«

»Stimmt sogar, das letzte Mal war ich zu einem Kongress in Berlin. Wohin ich dieses Mal muss, weiß ich noch nicht. Mein Chef hat vor ein paar Monaten eine neue Firma aus Deutschland aufgetan. Die Stadt hat er mir nicht gesagt. Ich lass mich überraschen.«

»Wir sehen uns auf jeden Fall«, versprach Marie. »Die Zugverbindungen sind bei uns sehr gut. Jetzt muss ich aber erst einmal wieder zurück zu meinen Leuten. Die werden mich sicher bereits vermissen. Es war sehr interessant mit dir zu reden.«

»Schade«, meinte Kaami und schaute dabei sehr traurig.

»Weißt du was? Komm' doch einfach mit. Ich stelle dir die ganze Gesellschaft, es sind ja außer mir nur fünf Personen, einfach vor und du lernst sie kennen. Ein wenig Deutsch sprichst du ja, denn ich kann dir nicht versprechen, dass alle so gut Englisch können.«

Das war eine gute Idee von Marie. Erst als Kaami mit seinen Kenntnissen der deutschen Sprache bei uns war, konnten auch Luzi und ich uns an den Gesprächen mit den Hawaiianern beteiligen.

Erst am späten Abend, es war bereits weit nach Mitternacht, kamen wir zurück auf unser Zimmer im Hotel. Eigentlich wollte Luzi mit Bill, Lothar und mir noch einen Absacker zu sich nehmen, doch ich hatte den Eindruck, dass ihr Alkoholspiegel für eine gute Bettschwere ausreichend war.

»Josie, ich lade dich und deinen Mann noch zu einem Drink ein, zu einem Puni, Pani, Pini Colani. Die Hochzeit war einfach spitze«, nuschelte Luzi.

»Danke für deine Einladung, Luzi. Ich glaube, wir haben genug Alkohol getrunken. Es reicht für heute. Du kannst ja Pina Colada nicht mal richtig aussprechen.«

»Ach was. Pina Colada habe ich doch gesagt. Komm Bill, seitdem Josie verheiratet ist, kommt sie mir irgendwie verändert vor.«

Dritter Tag auf Hawaii- Pearl Harbour

Nachdem es am Vorabend etwas spät geworden war, hatten wir am 07. August mit dem zeitigen Aufstehen einige Probleme. Es war der erste Tag nach meiner wunderschönen Hochzeit mit Lothar.

Ich musste mich erst daran gewöhnen, plötzlich verheiratet zu sein. Trotzdem waren wir froh, dass wir die Feierlichkeiten hinter uns gebracht hatten. Endlich war der Stress vorbei. Nun war nur noch Erholung angesagt und die wollten wir in vollen Zügen genießen.

Noch etwas verschlafen trafen wir uns gegen acht Uhr zum Frühstück.

»Guten Morgen, Herr und Frau Ziegler. Gut geschlafen?«, fragte uns Bill.

»Ich schlafe immer noch«, antwortete ich mit halb geschlossenen Augen.

Luzi schien schon wieder putzmunter zu schein. Sie plapperte gleich schon wieder los.

»So, Josie, nun bist du auch endlich unter der Haube. Da haben wir wenigstens etwas gemeinsam.«

Ich schaute Luzi etwas verwundert an. »Wie meinst du das Luzi? Ich glaube, wir haben viel mehr Gemeinsamkeiten, als du glaubst. Schau, doch mal, was wir in den letzten Monaten alles erlebt und welche Abenteuer wir überstanden haben. Das haben wir alles gemeinsam bewältigt. Oder siehst du das anders?«

»Wir zwei Omas sind eben unzertrennlich und einmalig.«

»Einmalig seid ihr, das stimmt«, ergänzte Bill.

Und Lothar stimmt ihm zu: »Wir sind froh, dass wir Euch haben. Ohne Euch wäre das Leben nur halb so schön.«

»Du sagst es, Lothar. Jetzt, wo wir Mann und Frau sind ist alles gleich viel schöner.«

An diesem Tag hatten unsere Männer einen Ausflug nach Pearl Harbour geplant, auf den Tag genau 75 Jahre und acht Monate nach dem Angriff der Japaner im zweiten Weltkrieg auf diesen Stützpunkt. Dieser ehemalige Kriegsschauplatz ist ja eigentlich eher etwas für Männer. Wir beiden Frauen wollten Bill und Lothar aber den Tag nicht verderben. Insgeheim hofften wir auf ein paar interessante Shops in der näheren Umgebung.

Mit »TheBus« waren wir in etwa 30 Minuten an Ort und Stelle. Dieser große Naturhafen ist immer noch der wichtigste Flottenstützpunkt

Amerikas im Pazifik. Überhaupt ist uns auf der Insel Oahu die starke Militärpräsenz ins Auge gefallen In mehreren Barackenstädten sind über 40.000 Soldaten stationiert.

Der Eintritt zu Pearl Harbour war kostenlos. Darüber hinaus hatten wir freien Zugang zum Gelände mit verschiedenen Gedenkstätten. Zunächst besuchten wir eine der beiden Ausstellungen. Sie zeigte Bilder und Gegenstände vom verhängnisvollen 7. Dezember 1941.

Obwohl es an diesem Tag recht windig war, machten wir noch eine geführte Bootstour mit einem Shuttle-Boot zum *Arizona Memorial*, dem Schlachtschiff, welches durch den japanischen Angriff die meisten Todesopfer zu beklagen hatte. Es liegt noch immer als Wrack auf dem Hafengrund. Beim Angriff der Japaner sank das Schlachtschiff mit 1177 Mann Besatzung innerhalb von nur 9 Minuten. Insgesamt kamen am 7. Dezember 1941 über 2300 US-Soldaten ums Leben (die Angaben schwanken, je nachdem, wo man sich erkundigt). Die Japaner griffen den Stützpunkt von 6 Flugzeugträgern aus an. Acht amerikanische Schlachtschiffe sanken.

Zum Gedenken an die Toten wurde über dem Wrack das *Arizona Memorial* errichtet. Diese Gedenkstätte wurde wesentlich von Elvis

Presley finanziert, der im Jahre 1961 sogar ein Benefizkonzert für die *Arizona* gab.

Bill hatte zuvor in einem Reiseführer gelesen, dass man sich frühzeitig eine Nummer für die Fähre zum Memorial holen sollte um nicht mehrere Stunden anzustehen. Das war auch gut so, denn das Denkmal war an diesem Tag gut besucht.

Eine große Zahl von Besuchern kommt aus Japan, daher erfolgen Durchsagen auf dem Schiff sowohl auf Englisch als auch auf Japanisch.

Mal unter uns: Ist das den Amis damals nicht aufgefallen, dass sich sechs feindliche Flugzeugträger genähert haben? Das waren doch keine Düsenjets, die riesigen Schiffe kamen doch langsam angeschwommen. Wo hatten die denn ihre Augen? Das kann ich mir fast nicht vorstellen. Waren die denn gar nicht auf diesen Angriff vorbereitet? Damit mussten sie doch gerechnet haben. Sei es wie es sei, wir hatten nicht bereut, diese historische Stätte zu besuchen.

»Etwas komisch ist einem da schon zumute, wenn man solch eine Gedenkstätte besucht«, meinte Lothar.

»Vor allem, wenn man den gleichnamigen Hollywood-Film gesehen hat. Ich weiß nicht, wie es Euch geht, aber ich habe immer das Gefühl, am Horizont könnten plötzlich die Bomber auftauchen«, ergänzte ich Lothars Bemerkung.

Luzi sah das ganz anders. »Ich wundere mich ja, dass die Japaner den Amis die Atombombenabwürfe auf Hiroshima und Nagasaki verziehen haben. Angeblich sollten sie das Ende des zweiten Weltkrieges beschleunigt haben. Haben die Japaner denn die vielen zivilen Toten auf ihrer Seite vergessen? Na ja, verstehen tu ich das nicht. Eine merkwürdige Begründung.«

»In einem Krieg herrschen andere Gesetze. Kriege kennen nur Verlierer. Leider haben das viele noch nicht begriffen. Ich glaube, wir haben hier genug gesehen und sollten uns wieder auf den Rückweg begeben«, schlug Lothar vor.

Während Lothar, Bill, Luzi und ich dem historischen Pearl Harbour einen Besuch abstatteten, genossen Jasmin und Marie ihren letzten Tag auf Hawaii am Strand von Waikiki. Der Wind wehte an diesem Tag nur leicht. Es war also perfektes Badewetter.

Wie ich später erfuhr, äußerte Marie plötzlich ihre Bedenken zur meiner Hochzeit mit Lothar.

»Weißt du Mom, irgendwie kommt mir Lothar etwas sonderbar vor. So, als hätte er etwas zu verbergen. Ich weiß nur noch nicht, was. Ich habe manchmal den Eindruck, ihm schon einmal begegnet zu sein. Ich weiß nur nicht wo.«

»Was redest du da? Josie und Lothar sind doch die glücklichsten Menschen auf der Welt. Sie haben sich gesucht und gefunden. Josie und Lothar passen gut zusammen. Genau wie Luzi und Bill.«

»Ich weiß nicht. Hast du mal beobachtet, wie Lothar lacht?«, fragte Marie ihre Mutter. Das sieht alles ziemlich künstlich aus, wie einstudiert. Ja, wie ein Schauspieler. Man könnte denken, dass er Josie etwas vorspielt. Das hätte sie nicht verdient. Es würde mir sehr leid tun. Sie traut ihm ja bedenkenlos.«

»Sag' bitte so etwas nicht! Das bildest du dir sicher nur ein. Ich finde, Lothar ist ein sehr sympathischer Mann. Wenn ich Josie wäre, hätte ich mich auch sofort in ihn verliebt.«

»Josie sagte doch, dass sie Lothar von ihrer Jugend her kennt.«

»Das ist richtig. Ist das schlimm?«, fragte Jasmin.

»Was hat er aber in der Zwischenzeit getan? Was machte er beruflich? War er verheiratet? Einmal, zweimal, mehrmals. Wir wissen es nicht und Josie sicher auch nicht. Wir müssen es unbedingt herausbekommen.«

»Ich glaube, du verrennst dich da gerade in eine Sache, die völlig absurd ist. Lothar ist bestimmt ein guter Mensch und Josie kann froh sein, ihn kennengelernt zu haben. Jetzt ist es sowieso zu spät. Die Beiden sind verheiratet und, so wie ich sie gesehen habe, sehr glücklich«, versuchte Jasmin Marie zu beruhigen.

»Ich werde es herausfinden. Vielleicht ist doch alles ganz harmlos und meine Menschenkenntnis hat wieder mal versagt.«

»Lass uns bitte an etwas anderes denken. Die Vier genießen ihre letzten Tage auf Hawaii und für uns beginnt in wenigen Tagen wieder der Ernst des Lebens.«

»Ach Mom, ich mache mir Sorgen. Josie ist so eine liebe Frau. Die hätte einen Betrüger nicht verdient.«

»Du glaubst doch nicht etwa, Lothar ist ein Heiratsschwindler?«

»Ich glaube gar nichts, solange ich es nicht genau weiß«, meinte Marie.

»Das würde ja bedeuten, dass es noch weitere Frauen geben würde. «

»Ja, das würde es. Wie heißt Lothar gleich mit Nachnamen?«, fragte Marie.

»Ziegler, glaube ich, nein weiß ich. Aber das hat nichts zu bedeuten. Heiratsschwindler ändern doch ihre Namen, wie ihre Unterwäsche. Moment mal, Josie und Lothar mussten doch ihre Hochzeitslizenz beantragen. Da mussten sie doch ihren Pass oder Ausweis zeigen. Eine Fälschung wäre in diesem Moment sicher aufgefallen.«

»Vielleicht ist Ziegler sein richtiger Name und bei den anderen Frauen hat er einen erfundenen Namen angegeben«, spekulierte Marie.

»Was machen wir nun? Wir haben keine Beweise. Und wenn das alles nur Hirngespinste sind, blamieren wir uns bis auf die Knochen«, gab Jasmin zu bedenken.

»Rufen wir Oma und Josie doch einfach an und warnen sie.«

»Das können wir nicht tun. Solange wir keine Beweise haben, können wir nicht reagieren. Außerdem würden wir ihnen damit die letzten Tage auf Hawaii vermiesen.«

»Okay, Mom, da stimme ich dir ausnahmsweise mal zu. Wir werden schon noch die Wahrheit herausbekommen. Da bin ich mir sehr sicher.«

Flug auf andere Insel von Hawaii - Maui

Am Dienstag, den 08. August, flogen wir mit Hawaiian Airlines auf eine andere hawaiianische Insel, und zwar auf Maui. Mit 1.890 Quadratkilometern ist es Hawaiis zweitgrößte Insel. Geformt wurde Maui von zwei Vulkanen, dem schlafenden *Haleakala* und seinem älteren Bruder Mount *Kahalawai*. Durch die enormen unterirdischen Lavaströme der gigantischen Vulkane entstanden die Inseln Lanai, Molokai und Kahoolawe.

Nach einer Flugzeit von nur 35 Minuten nahmen wir am Flughafen *Kahului Airport* unseren Mietwagen entgegen. Er war gerade groß genug, um uns vier Personen und die vier Koffer unterzubringen. Im Gegensatz zu Oahu ist auf Maui ein Mietwagen angebracht.

Vom Flughafen fuhren wir knapp eine halbe Stunde bis zu unserem Hotel *The Old Wailuku Inn at Ulupono*. Wie der Name Wailuku schon sagt, lag es etwas außerhalb von Kahului. Wir hatten zwei sehr schöne Zimmer mit einer Veranda und einem schönen Blick in den wundervollen Garten. Das Hotel lag quasi nahezu in der Mitte der Insel Maui, sodass wir einen sehr guten Ausgangspunkt für Ausflüge hatten.

Das alles hatten Bill und Lothar bereits im Voraus gebucht.

»Ist das schön hier«, freute sich Luzi. »Hier bleibe ich. Ich möchte nicht wieder zurück nach Deutschland.«

»Dann frag' mal deinen Mann, was er dazu sagt.«, antwortete ich Luzi. »Ich glaube nicht, dass er darüber sehr erfreut wäre.«

»Josie, ich hab's kapiert. Auf einmal ist alles ganz anders. Sollte ich mir das mit der Hochzeit vielleicht noch mal überlegen? Was meinst Du? Offiziell wird unsere Ehe ja erst, wenn wir sie beim Standesamt in Deutschland eintragen lassen.«

Gott sei Dank hatte Bill Luzis Bedenken nicht gehört. Er stand mit Lothar auf der großen Veranda und beide genossen den fantastischen Ausblick in die Natur.

»Luzi, was redest du da schon wieder. Sei froh, dass du in deinem Alter noch so einen lieben Mann kennengelernt hast. Dieses Glück haben nur wenige. Das solltest du zu schätzen wissen.«

»Ach, Josie, wenn ich dich nicht hätte.«

Maui gilt als Urlaubsparadies schlechthin. Daher ist es auch touristischer als ihre Nachbarinseln. Mehr als 81 zugängliche Strände mit weißem, gelbem, schwarzem, grünlichem und rotem Sand gibt es auf Maui. Somit gibt es auf Maui die meisten Sandstrände aller hawaiianischen Inseln. Aus diesem Grund verteilen sich die Menschen recht gut in den vielen Buchten.

Von den Einheimischen erfuhren wir, dass es die schönsten Strände rund um Kihei und bei Hana geben soll. Ein Geheimtipp ist der *Kaihalulu* (Red Sand), der allerdings über ein privates Anwesen führt. Allerdings nutzen diesen Weg alle, die zu diesem Strand wollen.

Der am meisten fotografierte Strand auf Hawaii ist übrigens der *Makena Beach*. Leider war es uns aus Zeitgründen nicht möglich, diesen Strand zu besuchen. Bei der Vielzahl von Sehenswürdigkeiten auf der Insel Maui mussten wir uns auf einige wenige konzentrieren.

Neben paradiesischen Stränden hat Maui noch eine Menge mehr zu bieten. Während sich im Süden, an den Sandstränden die Hotels konzentrieren, kann man im Norden noch die pure Natur, mit Wasserfällen, Regenwäldern und vulkanischen Aschewüsten genießen.

Auf dem fruchtbaren roten Boden werden exotische Früchte, Gemüse und sogar Wein angebaut.

Touristen zieht es hauptsächlich in das alte Walfänger- und Plantagenstädtchen Lahaina an der Westküste von Maui am Fuß der West Maui Mountains. Für Besucher ist es nach wie vor der schönste Ort der Insel. Das merkt man besonders am bunten Straßenleben, dem Lebensstil und den vielen Restaurants.

Am Nachmittag erkundeten wir aber erst einmal Kahului. In einem Hawaii-Restaurant probierten wir einige typische Speisen.

Während Lothar und ich *Huli Huli Chicken with Poi* bestellten, gegrilltes mariniertes Hühnchen mit polynesischem Tarobrei, entschied sich Luzi nur für eine leichte Vorspeise, den *Lomi Lomi Salmon*, marinierter Lachs mit Tomaten und Zwiebeln. Bill, dagegen, musste wohl einen Bärenhunger gehabt haben. Für ihn konnte es nicht amerikanisch genug sein. Er suchte sich das *New York Steak with Baked Potato* aus, ein Steak mit Fettrand, dazu eine gebackene Kartoffel. Geschmeckt hat es uns allen hervorragend.

»Lasst uns doch noch ein wenig ins Hinterland fahren«, schlug Bill vor.

»Gibt es da auch Schlangen?«, wollte Luzi wissen. »Ich habe Angst vor Schlangen.«

»Auf Hawaii gibt es keine Schlangen«, klärte Bill sie auf. »Auch keine ungiftigen Schlangen, Großkatzen und Bären.«

»Gott sei Dank, keine giftigen Tiere«, freute sich Luzi.

»Moment, Moment, natürlich müsst ihr trotzdem aufpassen. Zum Beispiel vor dem riesigen Tausendfüßler, auch bekannt als vietnamesischer oder rotköpfiger Tausendfüßler. Er kann fast 30 Zentimeter lang werden und seine Bisse machen jedes Jahr 11 Prozent der Bissopfer aus.«

»Das ist ja furchtbar«, sagte ich. »Hätte ich das vorher gewusst.«

»Du brauchst keine Angst zu haben, der Tausendfüßler mag keine Hitze und geht daher meist nachts auf Jagd«, beruhigte uns Bill. »Aufpassen müsst ihr jedoch bei Strandspaziergängen, wenn ihr nach Muscheln suchen solltet. Die hawaiianischen Kegelschnecken sind sehr giftig. Wenige Milliliter ihres Giftes genügen, um 10 Menschen zu töten. Nehmt Euch also in Acht.«

»Du bist gemein«, sagte ich zu Bill.

»Warum?«, fragte er verwundert.

»Musst du uns fast am Ende unseres Aufenthaltes auf Hawaii noch so einen Schnecken, ich meine Schrecken, einjagen?»

»Ich wollte Euch keinen Schrecken einjagen. Ich wollte Euch nur warnen. Aber ihr könnt beruhigt sein, tödliche Unfälle mit Tausendfüßlern und Kegelschnecken kommen hier sehr selten vor. Ihr müsst nur gut aufpassen, wo ihr hintretet.«

»Du kannst einem auch jegliche Freude verderben«, ärgerte ich mich.

»Tut mir leid, Josie. Das wollte ich nicht. Kommt, lasst uns bezahlen und noch ein wenig die schöne Natur auf der Insel genießen.«

Für Jasmin und Marie begann an diesem Tag die lange Rückreise. Bis Los Angeles flogen sie gemeinsam, dann trennten sich ihre Wege. Während Marie einen Direkt-Flug ohne Zwischenlandung bis Berlin genießen konnte, ging es für Jasmin vorerst nur bis Mailand. Dort wartete bekanntlich ihr Auto auf sie, mit dem sie nunmehr die restlichen mehr als 800 Kilometer bis nach Deutschland allein fahren musste.

Das mit Lothar beschäftigte vor allem Marie immer noch. Während des langen Fluges bis nach Deutschland recherchierte sie fortwährend im Internet, in der Hoffnung, doch noch etwas über Lothar Ziegler zu finden.

Plötzlich machte Marie eine unglaubliche Entdeckung. Sie traute ihren Augen nicht, was sie da auf einmal las. Sofort schickte sie ihrer Mutter einen Screenshot und schrieb ein paar Zeilen dazu. Doch Jasmin antwortete nicht sofort. Wie ich später erfuhr, hatte sie im Flieger ihr Handy nicht eingeschaltet und versuchte ein wenig zu schlafen.

Als Jasmin kurz vor dem Landeanflug auf Mailand aufwachte und ihr Handy checkte, las sie die Nachricht von ihrer Tochter. Sie konnte es nicht glauben, was Marie im Internet entdeckt hatte.

Folgender Dialog entstand über einen bekannten Messanger-Dienst:

Jasmin: Was machen wir nun?

Marie: Wir müssen sofort reagieren, sonst ist es vielleicht schon zu spät.

Jasmin: Warte bitte, bis ich wieder zuhause bin! Ich beeile mich.

Marie: Warum warten? Jede Minute könnte entscheidend sein.

Jasmin: Jasmin, warte bitte! Wir müssen genau überlegen, was wir tun.

Marie: Okay, Mom. Ich warte. Fahr bitte vorsichtig, es ist reger Urlaubsverkehr! Pass' bitte gut auf dich auf!

Was hatte Marie im Internet gefunden?

Nach langem Suchen im Internet entdeckte sie eine Pressemitteilung der Polizei einer deutschen Stadt, die allerdings schon einige Jahre zurücklag. Darin wurde von einem Mann namens Lothar Z. gewarnt. Er suchte unter falschem Namen die Bekanntschaft von gleichaltrigen Frauen, meist Witwen. Die Masche war immer die gleiche: Er überredete sie, ihn nach kurzer Zeit zu heiraten. Doch dazu kam es nie. Stattdessen brachte er sie aus unterschiedlichen Gründen dazu, ihm Geld zu leihen. Damit setzte er sich anschließend ins Ausland ab, bis Gras über die Sache gewachsen war. Wenn das Geld alle war, kehrte er nach Deutschland zurück und das »Spiel« begann von vorn. Anscheinend wurde er nie gefasst.

Eine sehr wichtige Frage geisterte fortan in Maries Kopf herum: War dieser ominöse Lothar Z. in der Pressemitteilung der Polizei tatsächlich Josies neuer Ehemann? Wenn ja, wäre dies eine Katastrophe für Josie.

Zuhause angekommen, gingen Jasmin und Marie die Sache mit Lothar an.

»Ich wusste gar nicht, dass Josie so vermögend ist. Weißt du darüber Genaueres?«, fragte Marie ihre Mutter.

»Oma erzählte mir nur selten von Josie. Einmal meinte sie, dass Josies Mann bis zu seinem tödlichen Unfall selbstständig war und eine gutgehende Baufirma hatte. Josie soll nie Geldsorgen gehabt haben.«

»Was war das für ein Unfall, bei dem Josies Mann getötet wurde?«, wollte Marie wissen.

»Das war sehr tragisch. Josie selbst redet ungern darüber. Er wurde auf einer der eigenen Baustellen von einem herabstürzenden Eisen-Träger getroffen. Er war sofort tot, obwohl er einen Helm trug.«

»Oh, das wusste ich nicht. Das tut mir leid.«

»Ja, so ist das manchmal im Leben. Ich habe dir nur sehr wenig über Opas Tod berichtet. Du hattest ihn ja auch nur einmal gesehen. Da warst du 2 Jahre alt und kannst dich sicher nicht mehr daran erinnern.«

»Du glaubst Lothar weiß das alles?«

»Wir können ja mal googeln, ob wir noch alte Einträge von seiner Firma im Internet finden. Möglicherweise hat Lothar seine Informationen auch aus dem Web. Du weißt, das Internet vergisst nichts«, schlug Jasmin vor und Marie machte sich gleich an die Arbeit.

Es dauerte nur wenige Minuten, da rief Marie: »Mami, ich habe was gefunden. Hier, siehst du? Da ist Horst Schubert mit seiner Firma. Hier, schau mal, sind sogar alte Fotos von seinen 10 Beschäftigten.«

Marie zeigte ihrer Mutter die Fotos.

»Das kann doch nicht wahr sein. Schau mal, wer da ist!«

Marie bekam einen Schreck: »Lothar?«

»Jetzt schließt sich der Kreis. Josies verstorbener Mann und Lother kannten sich also. Jetzt wird mir alles klar.«

»Was machen wir jetzt. Rufen wir Josie an und warnen sie?«, fragte Marie.

„Das würde ich nicht tun. Damit würden wir ihnen die letzten Tage auf Hawaii verderben. Wir sollten stattdessen sofort die Polizei verständen und sie um Rat fragen.«

Jasmin wählte sofort die Nummer der Polizei.

Aufenthalt auf Maui

Am 09. August sind wir bereits sehr früh am Morgen, das heißt kurz nach Mitternacht, aufgestanden. Wir wollten unbedingt auf dem Gipfel des *Haleakala*, dem gewaltigen Schildvulkan im Osten Mauis, den spektakulären Sonnenaufgang über dem Pazifik erleben. Auf Hawaiianisch übersetzt heißt *Haleakala* »Haus der Sonne«. Der Vulkan gehört zu den Top Sehenswürdigkeiten auf Hawaii und ist ein unbedingtes Muss bei Maui-Touristen. Mit einem Umfang von 34 Kilometern und 1.000 Meter Tiefe ist der Vulkankrater einer der größten der Welt. Was man bei diesem Ausflug nicht vergessen sollte, ist Wasser und warme Kleidung.

Wir schlängelten uns über 60 Kilometer und fast 90 Minuten den kurvenreichen Haluakala Highway hinauf, bis wir auf fast 3.000 Meter Höhe das Visitor Center am Ende des Highways 378 erreicht hatten. Ab dem Visitor Center wurde die Straße deutlich schmaler und führte uns in Serpentinen mit Haarnadelkurven den Krater hinauf. Die Mietwagenfirmen sehen es nicht gern, wenn man diese unbefestigte Straße befährt. Aber bei schönem und sonnigem Wetter kann man das schon mal machen.

Der Parkplatz am Krater war schon sehr voll und wir wurden von einem Park-Ranger eingewiesen. Aufgrund der begrenzten Parkplatzanzahl benötigt man seit Februar 2017 eine Reservierung. Diese bekommt man im Internet auf dieser Seite: www.recreation.gov. Ich hoffe, diese Seite ist noch gültig. Um diese Reservierung hatte sich Bill jedoch schon in San Francisco gekümmert. Zusätzlich zu den 25 Dollar Parkgebühren kamen also noch einmal 1,50 Dollar Reservierungsgebühren dazu.

Auf dem Vulkan waren wir nicht die Einzigen. Auch andere Touristen hatten dieselbe Idee. Der Vulkan lag noch im Morgendunst, aber als dann die Sonne über dem Meer aufstieg, erlebten wir einen sehr magischen Moment, den wir wohl in unserem Leben nie mehr vergessen werden.

Der Sonnenaufgang färbte den Nachthimmel in ein zärtliches Orange. Die aufgehende Sonne tauchte die Wände des Haleakala Kraters in ein fantastisches Licht. Nach zehn Minuten war das Spektakel aber schon wieder vorbei. Viele Touristen blieben nach dem Sonnenaufgang noch auf dem Vulkan, um auf der Vulkanlandschaft zu wandern.

Ganz witzig fand ich die Survival-Urkunde, die sich jeder Tourist im Visitor Center abholen kann. In dem Zertifikat steht, dass der *Haleakal* einer von wenigen Plätzen auf der Welt ist, an dem man über die 37-Meilen Autofahrt vom Meeresspiegel bis zum Gipfel innerhalb kürzester Distanz die meisten Höhenmeter überwindet. Nachdem wir unsere Survival-Urkunde abgeholt hatten, zogen wir es vor, wieder zurück ins Hotel zu fahren, denn wir hatten noch eine Menge vor an diesem Tag.

Wir kamen gerade noch kurz vor dem Ende der Frühstückszeit im Hotel an und gönnten uns als Erstes einen heißen Kaffee.

Nach dem sehr guten Frühstück wollten wir den Hana Highway entlangfahren, den man auch *Road to Hana* nennt und in der Nähe von Hana unbedingt einen der schönsten Sandstrände der Insel erkunden.

Im Hotel gab man uns den Tipp, die Straße unbedingt gegen den Uhrzeigersinn zu befahren, damit man bei den Stopps gleich auf der richtigen Seite ist und die grandiosen Aussichten bewundern kann.

Von Kahului fuhren wir zunächst auf der *Road to Hana* etwa 25 Kilometer auf dem

Highway 36 entlang. Bereits nach 10 Kilometer erreichten wir die alte Zuckerrohrstadt Paia, die wohl jeder Windsurfer kennt. Die etwa 3.000 Einwohner zählende Stadt Paia ist gleichzeitig auch *die* Hippiestadt auf Hawaii. Hippies findet man zwar in jeder hawaiianischen Stadt, aber nirgendwo werden mehr Hippies pro Kopf zu finden sein, als in der kleinen Stadt Paia, die sich an der Nordküste der Insel befindet.

Man kann in Paia nicht einfach nur durchfahren, ohne einen Stopp zu machen. In dem berühmten *Café Mambo* trafen wir tatsächlich auf ein paar Althippies, die seit den 1970er-Jahren im Hinterland wohnen. In ihren wallenden Batikgewändern in bunten Farben und Frisuren der 60er und 70er Jahre, wie lange Haare oder Deadlocks lassen sie die alten Zeiten wieder aufleben, die für sie niemals untergegangen sind und auch niemals untergehen werden. Die meisten von ihnen trugen Jesuslatschen oder liefen einfach nur barfuß herum.

Aus den Lautsprechern erklang die typische Musik der 60er und 70er Jahre, wie Bluesrock, Psychedelic Trance oder Reggae. Im gesamten Café herrschte eine harmonische und friedliche Stimmung und wir fühlten uns sauwohl.

»Bei dieser Atmosphäre und der Musik kommen alte Erinnerungen an Woodstock auf, nicht wahr?«, fragte uns Lothar.

»Hier könnte es mir gefallen«, meldete sich Luzi zu Wort. »Hier fühle ich mich wohl.«

»Das glaube ich dir sogar, meine Gute. Es war eine schöne Zeit damals. Schade, dass es mir nicht möglich war, an diesem legendären Festival teilzunehmen«, ärgerte ich mich etwas.

»Dafür konntet ihr mal das Haight-Ashbury-Festival erleben«, meinte Bill. »Es ist zwar auch nicht mehr das, was es am Anfang in den achtziger Jahren mal war. Aber man kann sich wenigstens mal für ein paar Stunden mit Gleichgesinnten in diese Zeit versetzen.

Ich gehöre zu den wenigen, die bisher alle Festivals besucht haben. Ich erinnere mich noch genau an das erste Festival, das am 29. April 1978 stattfand. Damals hatte ich noch schwarze lange Haare bis zu den Schultern, trug eine runde Nickelbrille und hatte einen Oberlippenbart. Das war eben die Mode. Damals sahen viele junge Männer so aus. Man war nur einer unter vielen.

Leider werden es von Jahr zu Jahr weniger Besucher und irgendwann wird es das Festival nicht mehr geben.«

»So ist es nun mal. Nichts ist für die Ewigkeit geschaffen«, sagte Lothar. »Später bleibt einmal nur die Erinnerung an die schönen Zeiten. Sie waren aber auch nicht immer nur schön. An schlechte Zeiten erinnert man sich nicht gern.«

Auf der kleinen, etwa 800 Meter langen Hauptstraße findet man eine Menge cooler Boutiquen, Surf- und Bademodenläden, Kunstgalerien, Tattoo-Studios und einen Fahrradladen. Natürlich darf man auch *Mana Foods*, den bekanntesten Naturkostladen auf Maui, nicht vergessen.

In Paia sahen wir natürlich auch Touristen, die so tun, als wären sie Hippies, sogenannte Möchtegern-Hippies. So sehr sie sich aber auch bemühten, authentisch zu sein, bei genauerem Hinsehen konnte man sie leicht von den echten Hippies unterscheiden.

Wir wären gern noch länger in dieser Stadt geblieben, aber wir wollten unbedingt noch nach Hana. Noch ein paar Kilometer fuhren wir von Paia aus auf dem Highway 36 entlang, bis wir schließlich auf den legendären Highway 360, den bereits erwähnten, Hana Highway, wechselten. Er ist eine Panoramastraße, die immer an der zerklüfteten Ostküste entlang führt, und somit die schönste Straße auf Maui ist.

Die fast 100 Kilometer lange Straße ist bei Touristen sehr beliebt und somit natürlich auch stark befahren. Aber da mussten wir durch. Es gibt etwa 620 Kurven und 59 einspurige Brücken. Die Serpentinen sind mit Wasserfällen, Regenwäldern und steil abfallenden Küstenabschnitten gesäumt. Für die Fahrt nach Hana benötigten wir fast drei Stunden. Gott sei Dank hielt sich der Verkehr an diesem Tag in Grenzen. Bill, unser erfahrener Kraftfahrer meisterte alle Herausforderungen der Straße mit Bravour.

Hawaii ist übrigens auch berühmt für seine Food-Trucks, den mobilen Garküchen, auch *lunch wagons* genannt, und tollen Obstständen. Sie gibt es quasi überall, somit auch sehr zahlreich auf der Panoramastraße *Road to Hana*. An *Coconut Glen's* fährt keiner vorbei. Der bunte Food-Truck bietet veganes Eis und das ist richtig lecker. Viele Stände verkaufen auch Banana-Bread, Ananas und Kokosnüsse.

Als wir uns den über 1.500 Einwohner (Stand: 2020) zählenden Ort Hana näherten, sahen wir schon die Türme der historischen Sophienkirche.

Die durchschnittlichen Tagestemperaturen in Hana liegen immer bei etwa 25 Grad Celsius.

Übrigens hatte George Harrison von den Beatles ein Anwesen auf Hana.

Und wer etwas einkaufen möchte, hat schlechte Karten, denn der *Hasegawa General Store* in Hana ist das einzige Geschäft weit und breit.

Erst am späten Abend waren wir wieder zurück in unserem Hotel. Es war ein sehr ereignisreicher und langer Tag für uns, der jedoch für immer unvergessen bleiben wird.

Nicht nur im Sommer ist Maui eine Reise wert, auch im Winter. Zu dieser Zeit kann man springende Buckelwale beobachten. Vor allem von Dezember bis April tummeln sich an manchen Tagen zwischen den Inseln Maui, Lanai und Molokai mehr als 800 Wale im seichten Wasser. Es muss wirklich sehr schön sein, die vielen Fontänen der Buckelwale von Land aus zu sehen. Alternativ kann man sie bei Bootstouren der Pacific Whale Fundation beobachten.

Am späten Nachmittag hatte uns Bill folgendes zu verkünden: »Ihr Lieben, nun ist es offizielle. Bis jetzt hatte ich gehofft, dass es doch noch klappen würde.«

»Was sollte noch klappen, Bill?«, fragte Luzi interessiert. »Spann' uns doch bitte nicht auf die Folter.«

»Eigentlich hatte ich geplant, dass wir morgen noch ein paar Tage auf die Insel Kauai fliegen. Aber in der Kürze der Zeit, habe ich für uns Vier keinen Flug für morgen bekommen. An zwei anderen Tagen hätte es geklappt, aber da wäre mein Zeitplan mit der Hochzeit durcheinander geraten. Nun fliegen wir morgen wieder zurück nach Oahu.«

»Das macht doch nichts, Bill. Wir hatten doch auf den beiden Inseln ein paar sehr erlebnisreiche und unvergessene Tage. Was ist an Kauai so besonders, dass du da noch hinfliegen wolltest?«

»Kauai ist die älteste der großen Hawaii-Inseln. Man nennt sie auch die ‚Garteninsel‘, weil sie so dicht bewachsen ist.

Am eindrucksvollsten auf Kauai ist natürlich der *Waimea Canyon*, den hätte ich mir sehr gern mit Euch angeschaut. Mit seinen steilen, rotbraunen Felswänden ähnelt der mehr als 1.000 Meter tiefe Canyon nämlich verblüffend seinem großen Bruder in Arizona und wird auch ‚Grand Canyon des Pazifik‘ genannt.«

»Das ist schade, Bill. Aber du kannst doch nichts dafür, dass es mit Kauai geklappt hat. Alles andere hast du so schön organisiert«, versuchte Luzi ihn zu trösten.

»Etwas traurig bin ich schon. Ich hätte mir gern die Kulissen der beiden Filme ‚Jurassic Park‘, von dem man die Eingangsszene auf der Insel gedreht hat und ‚Blue Hawaii‘ mit Elvis Presley angeschaut. Auch Szenen von ‚Indiana Jones‘ wurden auf Kauai gedreht.

Außerdem befindet sich auf dieser Insel ein drei Kilometer langes Außenriff, das bis zu 480 Meter weit ins Meer ragt. Zwischen dem Riff und dem Sandstrand befindet sich eine türkisfarbene Lagune, die sich hervorragend zum Baden eignet. Dort hätten wir uns zum Abschied noch einen ausgiebigen Badetag gönnen können.«

»Sei nicht traurig, Bill. Du hast uns so schöne Tage hier auf Hawaii beschert. Auf Oahu und Maui hat es mir sehr gut gefallen. Du warst ein sehr guter Reiseleiter. Dafür möchte ich mich ganz herzlich bei dir bedanken«, sagte ich.

Bill freute sich über mein Lob. »Somit geht es morgen wieder zurück nach Oahu. Dort wartet aber noch ein letztes Abenteuer auf Euch beziehungsweise uns. Verraten wird noch nichts.«

»Oh, für Abenteuer sind wir immer zu haben. Nicht wahr, Josie?«, fragte mich Luzi.

»Aber immer«, gab ich Luzi recht.

»Kommt, ich lade Euch noch auf ein Glas hawaiianischen Wein ein«, sagte Bill. »Heute ist unser letzter Tag auf der Insel. Da müssen wir noch Abschied feiern.«

»Oh, ja, Bill«, freute sich Luzi. »Vielleicht gibt es ja noch irgendwo eine Hula-Show, wo man mitmachen kann. Ich weiß ja nun, wie man es richtig macht.«

»Schade, Luzi, dass ich deine Hula-Show nicht sehen konnte«, ärgerte sich Lothar. »Du warst an diesem Abend bestimmt die Attraktion des Hauses.«

»Das kannst du wohl wissen. Die Zuschauer haben mich gefeiert, als wäre ich Elvis persönlich. Ich würde mich nicht wundern, wenn in den nächsten Tagen jemand aus Hollywood bei mir anrufen würde.«

»Ja, Luzi, du könntest hier glatt eine Hula-Schule eröffnen und eine Menge Geld damit verdienen«, scherzte ich.

»Ach was. Eine Hauptrolle in einem Film, vielleicht mit George Clooney würde mir schon reichen.«

»Das wird doch wohl mindestens zu machen sein«, scherzte Lothar.

Das war unser letzter Abend auf Maui. Am folgenden Tag ging es wieder zurück auf die Insel Oahu. Deshalb mussten wir am Abend noch unsere Koffer packen.

Besuch im Jurassic Park in Oahu

Am 10. August flogen wir wieder zurück nach Oahu. Am Nachmittag wollten wir zum Abschluss unseres Aufenthaltes auf Hawaii in der *Kualoa Ranch* eine Jurassic Park ATV-Tour machen. Kualoa heißt übrigens auf Hawaiianisch »langer Rücken«.

Etwa eine knappe Stunde fuhren wir von unserem Hotel bis zur etwa 4.000 Hektar großen Ranch, die sich in Privatbesitz befindet. Seit den 1950er Jahren wurden über 79 Filme und Fernsehsendungen in Kualoa gedreht. In der nördlichen Hälfte der Ranch wurden zum Beispiel »Jurassic Park«, »Jurassic World«, »Jumanji«, »50 Erste Dates«, »Godzilla«, »Lost« oder »Pearl Harbor« gedreht, um nur einige zu nennen.

Bill hatte die Karten bereits drei Wochen im Voraus online gekauft. Sonst hätten wir keine Chance gehabt, die Tour zu machen.

Es gibt mehrere Möglichkeiten, eine Tour durch den Park zu unternehmen. Die zweieinhalbstündige Tour in den 16-Personen-Open-Air-Fahrzeugen kostet etwa 140 Dollar. Eine Menge Geld, wie ich finde. In den Vereinigten Staaten sind die Eintrittspreise immer sehr hoch. Das ist uns auch schon in den UNIVER-SAL-Studios und im *Antelope Canyon* aufgefallen. Aber was soll man machen? Aber wenn man schon mal auf Hawaii und dann noch auf der Insel Oahu ist, dann sollte man unbedingt eine solche Tour machen.

Alternativ kann sich aber auch ein ATV, also ein Quad, nehmen und die Tour alleine machen. ATV heißt übrigens ausgeschrieben All Terrain Vehicle, im Gegensatz zum UTV, dem Utility Terrain Vehicle. Die UTV haben, im Gegensatz zu den ATV, einen Autositz, ein Lenkrad und Platz für 2 bis 6 Personen. Man unterscheidet auch zwischen Single-Passenger (ATV) und Multi-Passenger (UTV). Beachten sollte man, dass man beim ATV etwas mehr Staub und Schlamm abbekommen könnte.

Ich finde, allein macht solch eine Tour viel mehr Spaß. Deshalb entschlossen wir uns, jeder einen ATV-Quad zu nehmen und eine zweistündige Kualoa-Ranch-ATV-Tour zu unternehmen.

Es werden auch einstündige Touren angeboten, diese würde ich aber nicht empfehlen, weil sie viel zu kurz ist. Eine Stunde ist schnell vergangen und am Ende ärgert man sich, dass man durch das schone Gelände so schnell durchgehetzt ist.

Bill, Luzi, Lothar und ich steckten unsere Köpfe in die eng gepolsterten Helme, schüttelten etwas die Köpfe, um sicherzustellen, dass die Helme auch gut sitzen und dann ging es auch schon los. Ich atmete noch einmal tief durch und blickte zu den hoch aufragenden Bergen von Oahu.

Der Fahrstrecke war vorgeschrieben und markiert, man konnte sich also gar nicht verfahren. Das heißt: Theoretisch konnte man sich nicht verfahren. Es gibt jedoch immer einige Personen, die es trotzdem können. Ich denke da nur an meine Luzi, über deren Missgeschick ich noch berichten werde.

Nach dem Start nahm ich die zweite Reihe nach unserem Führer ein. Nach mir fuhr Luzi und dahinter Bill und Lothar. Sie sollten sicherstellen, dass wir nicht zurückblieben.

Am Anfang mussten wir einen kleinen Hindernisparcours passieren. Das sollte bestimmt ein Test sein, ob wir auch alle unser Fahrzeug im Griff haben.

Über Nacht hatte es geregnet, sodass der Boden nass und mit Pfützen übersät war. Doch da mussten wir durch und hatten sogar eine Menge Spaß dabei.

Unser erster Fotostopp war ein großes Loch an einem Hang. Daneben war ein Schild, auf dem »Godzilla« stand. Es war der originale Godzilla-Fußabdruck aus dem Film. Nach den Dreharbeiten wurde er genauso hinterlassen, wie er im Film zu sehen war.

Dann ging es weiter, bis zum nächsten Halt. Es war ein nachgebildeter Dinosaurier aus dem Film Jurassic Park.

Sie glauben gar nicht, was das Fahren mit solch einem ATV für einen Spaß gemacht hat. Luzi war kaum noch zu bremsen. Ich glaube, sie war auch ein wenig übermütig. Manchmal gab sie sogar so viel Gas, dass sie den Tour-Guide überholte. Sie wurde jedoch sogleich ermahnt und zurückgepfiffen.

Am Ende gab es dann doch noch ein kleines Malheur. Luzi wollte eine große Pfütze umfahren und kam dadurch etwas vom Weg ab. Dadurch kam sie ins Schleudern, verlor die Kontrolle über das Fahrzeug und kippte mitsamt dem ATV um. Zu allem Übel landete sie auch noch in dieser tiefen Schlammpfütze.

Obwohl mir eigentlich nicht zum Lachen zumute war, konnte ich mich nicht mehr halten und fing mächtig an zu lachen. Nach und nach stimmten auch Bill und Lothar in mein schallendes Gelächter ein und am Ende auch Luzi.

Gott sei Dank hatte Luzi ein paar Wechselsachen mit. Uns war ja bekannt, dass die Tour eine schlammige Angelegenheit werden könnte. Im Visitor Center hatten wir außerdem die Möglichkeit, uns zu duschen. Das fand ich ganz angenehm.

Die *Kualoa Ranch* bietet aber auch noch andere Sehenswürdigkeiten für Besucher. Zum Beispiel kann man hier auch die hawaiianische Kultur und Geschichte erleben und das alles umgeben von einer wunderschönen Landschaft.

Abschied von Hawaii

Am 11. August war es an der Zeit Abschied vom Paradies im »Aloha State« zu nehmen. Eigentlich war es schade, nur ein paar Tage auf Hawaii zu bleiben. Aber wir waren sehr froh, dass wir überhaupt die Gelegenheit hatten, diesen wunderschönen Teil der Welt mit ihren gastfreundlichen Menschen kennenzulernen. Die Faustregel ist eigentlich zwei Wochen für drei Inseln oder drei Wochen für vier Inseln. Vielleicht klappt es ja doch noch einmal mit einem etwas längeren Besuch.

Abschließend kann ich behaupten, dass Hawaii der schönste Ort ist, den ich bisher in meinem Leben mit eigenen Augen gesehen habe. Am besten gefallen hat es mir auf Maui. Obwohl es touristisch am besten erschlossen ist, konzentriert es sich auf dieser Insel nicht, wie beispielsweise in Waikiki, auf einen einzigen Strand. Somit bleibt für ausgedehnte Strandspaziergänge noch reichlich Platz.

Vom Flughafen in Honolulu mit dem Namen *Daniel K. Inouye International Airport* flogen wir am Mittag zunächst nach Los Angeles. Dort stiegen wir um in eine Lufthansa-Maschine, die uns in einem knapp elfstündigen Flug wieder zurück nach Deutschland, diesmal jedoch nach Frankfurt am Main, brachte.

Als wir das Flughafengebäude gerade verlassen wollten, trauten wir unseren Augen nicht. Vor dem Ausgang, dort, wo eigentlich die Shuttle-Busse stehen sollten um die Passagiere abzuholen, standen drei Polizeifahrzeuge mit Blaulicht. Mehrere Polizisten in Kampfuniform warteten einsatzbereit vor den Fahrzeugen. Der gesamte Platz war abgesperrt und menschenleer.

Vor Schreck blieben wir wie angewurzelt stehen und sagten vor Angst kein Wort. Langsam kamen zwei Polizisten auf uns zu. Einer von ihnen hatte seine rechte Hand griffbereit an der Waffe. Das Klicken der Handschellen werde ich wohl nie mehr in meinem Leben vergessen. Noch heute läuft es mir eiskalt den Rücken hinunter, wenn ich an dieses Erlebnis denke.

Sie werden es kaum glauben, aber die Polizisten hatten auf Lothar gewartet, um ihn zu verhaften. Jasmin und Marie hatten der Polizei den entscheidenden Hinweis gegeben. Lothar war tatsächlich der gesuchte Heiratsschwindler, auf den sie bei ihren Recherchen im Internet gestoßen sind.

Somit ist aus meiner Hochzeit mit Lothar nichts geworden. Die Apostille, die nach drei Monaten bei mir ankam, liegt immer noch in meinem Schrank.

Lothar hatte zwar danach immer beteuert, dass es bei mir anders wäre, als bei den Frauen zuvor und, dass er mich wirklich liebt. Doch ich konnte ihm nicht so recht glauben. Zumal ich erfuhr, dass seine bisherigen Straftaten ziemlich schwer waren. Acht Frauen hatte er um fast eine halbe Million Euro betrogen.

Für mich war es natürlich ein großer Schock. Nie im Leben hätte ich damit gerechnet, dass unsere Liebe einmal so enden würde. Wir hatten uns doch so gut verstanden und ich war froh, wieder einen Partner zu haben. Aber wie heißt es so schön: Lieber ein Ende mit Schrecken, als ein Schrecken ohne Ende.

Ich habe fast ein halbes Jahr gebraucht, um darüber hinwegzukommen. Luzi und Bill waren mir dabei eine große Hilfe.

Lothar wurde zu sieben Jahren Gefängnis verurteilt. Nach drei Jahren Haft ist er verstorben. Lothar wurde 74 Jahre alt.

Bill hatte nach zwei Jahren Heimweh nach San Francisco bekommen. Doch Luzi und Bill fanden einen Kompromiss. Zweimal im Jahr fliegt er für einige Wochen nach Amerika. Am Anfang ist Luzi noch mitgereist, doch inzwischen lässt sie Bill allein nach San Francisco fliegen. Während dieser Zeit kümmere ich mich um Luzi. Ihre Demenz hat ihr Hausarzt ganz gut in den Griff bekommen, sodass wir immer noch viel gemeinsam unternehmen können. Ab und zu muss ich sie jedoch daran erinnern, dass sie verheiratet ist. Insbesondere was ihren Nachbarn anbetrifft. Sie erinnern sich bestimmt, was ich im ersten Band geschrieben habe.

Vielleicht rapple ich mich mal wieder auf und schreibe wie es bei uns alten Leutchen weitergegangen ist. Ich bin ja jetzt Rentnerin und habe Zeit. Außerdem habe ich festgestellt, dass das Schreiben von Büchern mir große Freude bereitet.

Das hängt jedoch davon ab, ob meine Leser überhaupt wissen wollen, wie es bei Luzi, Bill und mir weitergegangen ist. Sie sind doch sicher auch ungemein neugierig darauf, was Luzi in letzter Zeit so alles angestellt hat. Bis dahin werde ich Sie aber noch ein wenig auf die Folter spannen.

Schreiben Sie mir doch bitte Ihre ganz persönliche Meinung. Wenn genügend Zustimmung zusammenkommt, werde ich mich sicher aufraffen und ein weiteres Buch schreiben.

»Am Ende ist alles ein Witz« (Charly Chaplin)

Nun bin ich leider schon wieder am Ende meiner »Oma Josie«-Trilogie angekommen. Vielen Dank, dass Sie solange durchgehalten haben. Ich hoffe es hat Ihnen ein wenig gefallen. Es ist ja immer schwer, den Geschmack des Lesers zu treffen. Ich habe mir jedoch Mühe gegeben.

Etwas möchte ich nicht vergessen, zu erwähnen: Jasmin und Marie sind gut in Deutschland angekommen. Jasmin konnte von Mailand mit ihrem Auto ohne Stau nach Hause fahren und Marie hat sich sehr gefreut, wieder mehr Zeit mit Cem zu verbringen.

Liebe Leser, falls Sie Fragen zu mir und unseren Reisen haben, können Sie mir gern eine Email schreiben:

oma-josie@web.de

Das gilt auch für Anfragen von Regisseuren, die mein Buch gern verfilmen möchten. Man weiß ja nie.

Noch einmal meine neue Homepage

oma-josie.de

Aber die habe ich ja bereits am Anfang meines Buches erwähnt. Schauen Sie ruhig mal rein. Dort gibt es Leseproben meiner drei Bücher und immer das Neueste von Oma Josie und Luzi zu erfahren.